KB269020

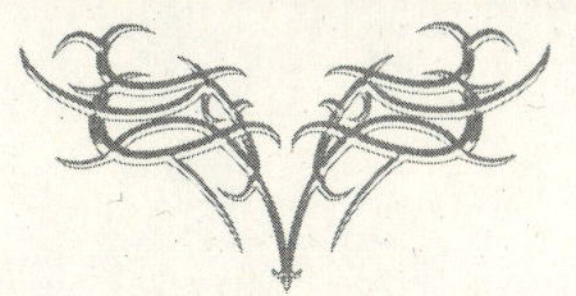

# 潛魔劍仙
# 잠마검선

김현영 新무협 판타지 소설
FANTASTIC ORIENTAL HEROES

# 잠마검선 5

김현영 新무협 판타지 소설

초판 1쇄 찍은 날 § 2009년 7월 10일
초판 1쇄 펴낸 날 § 2009년 7월 17일

지은이 § 김현영
펴낸이 § 서경석

편집장 § 문혜영
편집 § 서지현 · 주소영

펴낸곳 § 도서출판 청어람
등록번호 § 제1081-1-89호
등록일자 § 1999. 5. 31
어람번호 § 제2-1781호

주소 § 경기도 부천시 원미구 심곡2동 163-2 서경B/D 3F (우) 420-822
전화 § 032-656-4452  팩스 § 032-656-4453
http://www.chungeoram.com
E-mail § eoram99@chollian.net



ISBN 978-89-251-1870-3 04810
ISBN 978-89-251-1775-1 (세트)

영호선 대 영호선

5

潛魔劍仙

# 잠마검선

김현영 新무협 판타지 소설

FANTASTIC ORIENTAL HEROES

# 目次


제1장  믿을 수 없는 일          7

제2장  드러난 비밀 동부          33

제3장  영호선, 영호선, 영호선      53

제4장  손바닥 위의 강호          83

제5장  알 수 없는 글귀          105

제6장  화산                137

제7장   뜻밖의 조우      153

제8장   빙화      181

제9장   종남 태을검수      219

제10장   잠마원주의 선택      251

제11장   요마구궁진      271

제12장   폭혈공      297

第一章
믿을 수 없는 일

潛魔劍仙
잠마검선

영호선의 신형은 광료에게로 향했다.

'제발… 제발……'

간절히 빌고 또 빌었다.

부디 살아 있어달라고, 살아만 있어달라고.

그러나 영호선의 소망은 복도에서 끊어졌다.

"광료!"

광료의 팔, 다리가 보였다. 광료는 기괴한 각도로 꺾인 채 처소 문 앞 복도에 널브러져 있었다. 광료의 몸 주위로 붉은 피가 흥건했다.

영호선의 목소리는 비탄에 잠겼다.

맥을 짚어보았지만 이미 절명한 상태였다.

문이 절반쯤 열린 틈새로 옥일평의 잘려 나간 머리가 바닥 위에 덩그러니 놓여 있었다. 옥일평은 두 눈을 부릅뜨고 있었다.

—모두 너 때문이야!

옥일평의 눈이 외쳤다.

영호선은 눈앞이 흐려졌다.

'미안하다……'

눈물이 흘러나오는 것을 막을 수 없었다. 온몸이 멋대로 떨렸다. 이를 악물고 몸의 떨림을 붙들었다.

영호선은 그 옆 처소로 몸을 날렸다. 다를 것은 없었다. 막겸과 금이혁, 왕효도 싸늘한 시체가 되어 있었다.

그때였다.

"흐음……."

아주 미세하지만 신음 소리가 들렸다.

'누군가 살아 있어.'

영호선은 벌떡 몸을 일으켰다. 남은 건 황빙빙과 제갈 교관이었다. 소맷자락으로 눈물을 훔쳐 내고 영호선은 처소로 뛰어들어 갔다.

먼저 눈에 들어온 것은 황빙빙이었다.

황빙빙은 침상 벽에 기대고 있었으나 그녀의 이마엔 비수
가 자루째로 박혀 끝 부분만 간신히 보였다. 이마에서 흘러나
온 피가 콧잔등을 타고 두 갈래로 갈라져 턱 부분에 맺혀 한
방울씩 떨어져 내리고 있었다.

열린 창문 사이로 새어 들어온 달빛은 잔인하게도 그녀의
얼굴과 가슴을 비스듬히 비추고 있었다.

"흐음……."

다시금 옅은 신음 소리. 제갈혜미였다.

"제갈 교관님!"

영호선은 바닥에 쓰러진 제갈혜미의 머리를 받쳐 들었다.
그녀는 단전 어림에서 피를 계속해서 쏟아내고 있었다. 그녀
의 허리 아래는 피로 홍건히 젖어 있었다.

영호선은 급히 지혈하고, 장심에 내력을 불어넣었다.

제갈혜미의 눈이 파르르 떨리며 겨우 뜨는가 싶었지만 이
내 내려앉았다.

"교관님, 정신 차리십시오. 정신을 잃으면 안 됩니다."

맥은 미약하나마 뛰고 있었기에 영호선은 의원으로 향하
기 위해 그녀를 안아 들었다.

그 순간이었다.

쉭, 쉭, 쉭……

창문 쪽으로 공기를 찢어발기는 듯한 소리와 함께 가공할 경력이 몰아쳤다.

영호선은 제갈혜미를 안은 채로 신형을 창문의 저격 범위 밖으로 날렸다.

"윽!"

믿을 수 없는 현실 앞에 흥분 상태에 빠진 영호선의 대처가 늦어 예리한 뭔가가 어깨를 스치고 지나갔다. 단지 스쳤을 뿐이건만 일부 살점이 떨어져 나갔는지 불에 데인 듯한 통증이 밀려들었다.

퍽, 퍽, 퍽, 퍽.

창문 맞은편 벽에 네 대의 화살이 박히며 파르르 떨었다.

어깨의 통증은 아무것도 아니었다. 적이 바깥에 있다. 증오와 분노가 치밀어 견딜 수 없었다. 하지만 영호선은 숨을 천천히 토해내며 마음을 어루만졌다.

복수는 나중이다. 지금 중요한 것은 제갈 교관님의 생명이었다. 당장 손을 쓰지 않는다면 제갈 교관님까지 잃고 말 터, 몸을 빼내는 게 급선무였다. 어떻게 해야 하지, 어떻게?

항마칠단이 당한 걸 보면 보운장 사람들도 참사를 면치 못했을 것이리라. 그리고 이곳은 겹겹이 포위된 것이 분명했다.

그때 한 목소리가 들려왔다.

"영호선! 밖으로 나와라."

웅혼한 내력이 실린 음성이었다.

의외로 중년 남자의 목소리였다.

영호선이 이를 악물고 답했다.

"이 악독한 놈들, 이게 무슨 짓이냐?"

"나는 무림맹의 북룡참마대주다. 잠마원의 흡혈야차! 넌 빠져나갈 수 없다. 네놈이 형산을 잊지 않았다면 당장 나와 포박을 받으라."

영호선은 등줄기가 서늘해졌다.

심장은 미친 듯 펄떡거렸다.

'무림맹?'

그들이 어떻게 잠마원을 알고 있는 것일까? 악귀 여인은 어디로 간 거지? 함정?

그러나 곧 다른 생각이 떠올랐다.

'아니, 어쩌면 무림맹의 북룡참마대가 이미 악귀 여인을 제압했을지도 모른다. 잠마원을 안다면 무림맹에서는 나를 그들과 한패로 생각하는 것이 당연하겠지.'

만약 그런 것이라면 천만다행이었다. 제갈 교관님의 목숨을 구할 수 있는 것이다.

"지금 나가겠습니다. 제갈 교관님께서 위중하십니다."

오욕을 뒤집어쓰는 것은 더 이상 문제가 되지 않았다. 옥에 갇혀 취조를 받는 것도 감수할 수 있었다. 얼마만큼의 시간이 걸릴지는 몰라도 충분히 해명할 자신이 있었다. 지금은 한 사람이라도 살리는 것이 의미있는 일이었다.

마련된 숙소는 이층이었다. 영호선은 주저하지 않고, 그러면서도 품에 안은 제갈혜미의 몸에 어떠한 무리도 가지 않게끔 신중하게 창문으로 신형을 날려 보운장의 앞뜰 바닥에 내려섰다.

경계는 삼엄했다.

전각의 지붕 위 각기 요소요소마다 궁수가 활을 겨누고 있었고, 부채를 펼친 듯 이십여 명의 검수가 에워싸고 있었다.

흑색 무복을 입은 그들의 가슴 부위로 북룡(北龍)이라는 글씨와 그 주위로 용이 승천하는 문양이 금빛으로 수놓아져 있었다.

중앙에는 두 사람이 서 있었다.

그중 한 사람은 북룡을 새긴 자였으나 다른 북룡참마대와 달리 백의를 걸치고 있었다. 사십대 중반의 장대한 체구였고, 장창을 들고 서 있는 모습이 마치 산악 같았다.

북룡참마대주가 틀림없다.

영호선은 대주 옆에 나란히 선 사람을 보고 내심 안도했다. 그는 다름 아닌 형산에서 만나 항마원까지 동행한 혼일검객 마윤비였다. 그러면 도움을 받을 수 있을 것 같았다.

영호선이 그를 불렀다.

"선배님!"

마윤비는 차가운 얼굴로 바라보다 백의에 장창을 든 사내를 향해 나직이 말했다.

"대주, 영호선이 맞습니다."

북룡참마대주의 시선은 영호선을 주시하고 있었다. 그는 보일 듯 말 듯 고개를 끄덕이고 입을 열었다.

"항마칠단은 어떻게 되었느냐?"

"모두… 죽었습니다."

몇 시진 전만 해도 그들의 숨결조차 느껴질 정도였건만 그들은 이제 더 이상 볼 수 없는 곳으로 떠나고 말았다. 그 모든 것이 자신의 과오 때문이라는 생각에 영호선은 죄책감을 떨쳐 낼 수가 없었다.

"제갈 교관을 안고 있는 것은 아직도 활불의 흉내를 내려는 것이냐? 아니면 인질로 삼고자 함이냐?"

"아닙니다. 교관님의 생명이 위중하니 치료를 부탁합니다. 저는 어떻게 되든 상관없습니다."

대주가 오른쪽의 검수를 향해 눈짓을 보냈다. 검수가 다가오자 영호선은 제갈혜미를 그에게 건넸다.

그때 마윤비가 중얼거렸다.

“가증스러운 놈.”

영호선은 막 제갈혜미를 건네주려는 차에 그 말을 듣자 가슴이 울컥하고 복받쳤다. 서러움이 밀물처럼 밀려들었다. 형산을 떠나면서 모든 것이 엉망진창이 되고 말았다. 하지만 그 모든 것이 좋아서 한 일은 아니었다. 그저 강호라는 이름 아래 부평초처럼 휩쓸려 여기까지 오고 만 것이다. 잠마원에 간 것도, 항마원에 간 것도……. 열 살의 어린 나이에 입문을 위해 집을 나서던 날 어머니의 염려가 예언인 양 다가왔다.

“강호무림은 휘감아 도는 회오리와 같다. 네가 비록 의를 품고 있으나 강호무림은 그대로 비추는 거울이 아니다. 한 번 맺은 은원이 끝이 없이 도는 곳이기도 하단다. 너는 감당할 마음이 되어 있느냐?”

당시엔 고개를 끄덕였지만 지금 다시 물으신다면 어떻게 대답할지 자신이 없었다.

“무릎을 꿇어라.”

북룡참마대주의 목소리에 따라 영호선은 순순히 무릎을 꿇었다. 고개를 숙인 채로 이를 악물었다.

‘은원이 끝이 없다면 그 속에 철저히 몸을 담가 반드시 복

수를 해주겠어.’

그때였다.

“영호… 선…….”

영호선이 번쩍 머리를 들었다.

북룡참마대로부터 응급조치를 받은 제갈혜미였다.

모두의 시선이 제갈혜미를 향했다.

“교관님!”

제갈혜미가 힘겹게 눈을 떠 영호선을 바라보았다.

“영… 호… 선…….”

“죄송합니다. 용서하세요.”

“왜… 우리……. 를…….”

제갈혜미의 음성이 끊어질 듯 끊어질 듯 이어졌다. 끊어질 때 시간조차 멈추는 것 같았다.

“…우……. 리를… 죽인… 거냐…….”

그 말과 함께 제갈혜미의 목이 힘없이 떨어졌다.

영호선이 눈을 부릅떴다.

“헉!”

듣고도 믿을 수 없었다. 아니, 분명히 잘못 들었을 것이다. 말도 안 되는 일이었다.

하지만 잘못 들은 것이 아니라는 것은 곧 밝혀졌다.

“이 흉악무도한 놈!”

주변에 살기가 짙어졌다.

'함정이다!'

순순히 잡혀가려 했던 것은 살인자로서가 아니었다. 마도에, 잠마원에 몸담았던 것에 대한 죄책감이었다. 자신으로 인해 이들이 죽어간 것에 대한 책임감 때문이었다.

찰나의 순간에 영호선은 한 가지 생각을 떠올렸다.

얼마 전 사부는 신임 교관의 단기 기억을 지워 버렸다. 사부의 근본은 마도다. 그렇다면 마도련의 또 다른 누군가도 섭혼의 술로 기억을 조작할 수도 있다는 말이었다.

'이대로 잡혀간다면?'

등줄기가 서늘해졌다. 그 어떤 진실도 제갈 교관의 마지막 증언을 이겨내지 못할 것이다. 죽는 것은 두렵지 않지만 이렇듯 무력하게 누명을 뒤집어쓸 순 없었다.

"혈도를 점하고, 포박하라."

팟!

영호선이 무릎을 꿇은 자세 그대로 공중으로 도약했다. 단 한 번의 몸짓으로 영호선은 뒤쪽 전각 삼 장 높이의 지붕 위에 올라섰다.

북룡참마대주가 신형을 날리며 외쳤다.

"불가(不可)! 영호선을 죽여라!"

파공성이 쇄도했다. 다시 신형을 날리자, 방금 전까지 영호선이 멈춰 선 지점으로 십여 개의 화살이 기왓장을 뚫고 박혔다.

파파파팍!

화살은 모두 빗나갔지만 영호선은 그 모든 화살들이 자신의 심장에 꽂히는 것 같았다.

'미안하지만 잡힐 수 없어. 흉수를 붙들어 당당히 말할 수 있을 때까지는.'

영호선은 마운천봉공을 끌어올렸다. 심기가 손상을 입은 탓에 기혈이 멋대로 들끓었다. 하지만 지금은 무리를 할 수밖에 없었다. 전각의 지붕을 타고 연달아 뛰어넘었다.

"멈춰라, 영호선!"

북룡참마대주의 음성과 함께 등 뒤로 강력한 경력이 밀려드는 것을 느낄 수 있었다.

이때 영호선은 막 허공으로 몸을 날리던 중이었다.

영호선은 뒤돌아보지 않고, 오른손을 앞으로 뻗어 허공을 움켜잡고 끌어당겼다. 마치 허공중에 어떤 물체가 있기라도 한 듯한 동작이었다.

쑤욱!

영호선의 신형이 순간적으로 가속이 붙어 가공할 속도로 위로 솟구쳤다.

쇄애액!

영호선의 발 아래로 장창이 스치듯 지나갔다.

‘인비류(引飛溜)?’

영호선은 스스로 펼쳐 놓고도 의문스럽기 짝이 없었다. 형산의 최상승 경공인 인비류를 펼친 것은 의식을 하고 펼친 것이 아닌 거의 본능적이었다. 형산에 머물 때 단 한 번도 제대로 펼친 적이 없던 것인데 위급한 상황에 저절로 튀어나와 버린 것이었다.

마도의 무공과 형산의 무공, 그리고 검절의 검예가 뒤죽박죽이 되어 제멋대로 튀어나와 곤란을 겪은 영호선으로서는 이 제멋대로 덕분에 위기를 넘긴 셈이었다.

탓!

민가의 가옥 위를 날아가며 영호선은 전신의 내력을 모두 끌어내 빛살처럼 어둠을 뚫고 나아갔다.

달빛마저 그 움직임을 쫓지 못했다.

*　　　　*　　　　*


날이 밝아오고 있었다.

정주에서 남서쪽으로 밤새 추격을 전개한 북룡참마대와 혼일검객 마윤비는 신밀 부근에서 빈손으로 허망하게 아침햇살을 맞이했다.

추격은 축시 말부터 시작되어 아침까지 이어졌지만 엄밀

히 따지자면 실질적인 추격은 한 시진도 채 되지 않았다.

그것도 한 시진이 가까워질 무렵엔 오직 북룡참마대주만 이 먼발치에서 그림자를 엿보았을 따름이었다.

한 시진이 지난 다음에는 흔적을 찾는데 주력했다.

그리고 지금은 그 흔적조차 찾을 수 없게 되고 말았다.

북룡참마대주 양공은 망연자실한 눈으로 먼 산자락을 바라봤다. 그는 아직도 영호선을 놓친 사실이 믿어지지 않았다. 영호선이 도주할 때만 해도 차라리 잘됐다고 생각했었다. 죽일 명분을 주는 것이었기 때문이다. 그러나 지금은 빈손!

"후우……."

가슴이 답답했다.

항마원에서 활불 흉내를 낼 정도로 간교한 놈이다. 거기에 무공이 가볍지 않으니 앞으로 놈의 손에 죽어나갈 이들이 한둘이 아니리라.

늘 지키고자 하는 삶의 신조를 능력이 부족해 지키지 못하고 말았다.

북룡참마대주 양공의 신조는 간단했다.


―길을 가다 죽어가는 자를 보고 구하지 않으면 살인죄나 다름없다. 하지만 그보다 더 큰 죄는 흉악무도한 자를 방치하

는 것이다.

'무영각의 정보가 조금만 빨랐더라면…….'

항마출정 전이었다면, 하는 아쉬움이 남았다. 그랬다면 최소한 교관과 일곱 기재의 목숨은 지킬 수 있었으리라.

그렇다고 무영각주를 탓할 생각은 없었다.

무림맹의 핵심 정보 기관인 무영각의 각주는 얼마 전 사랑하는 아내를 잃었다.

사인은 자살!

복수할 대상도 없이 그녀는 목을 매 스스로 목숨을 끊었다.

대주 급 이상이 참여한 장례식의 분위기는 침통하기 이를 데 없었다. 그 후 무영각주는 슬픔을 채 삭일 시간도 없이 영호선의 마도 전향이라는 충격적인 정보를 맹에 보고했다. 어쩌면 무영각주는 아픔을 잊기 위해서라도 일에 더욱 몰두한 것인지도 모른다.

"이미 괴물이 되고 말았군요."

목소리를 따라 돌아보니 마윤비였다.

그의 얼굴은 참담할 정도로 일그러져 있었다.

"이 모든 것이 제 탓 같아 괴롭습니다. 형산에서 영호선을 대면하고 저는 극찬을 했지요. 흉악한 본성조차 보지 못하고 말입니다. 놈의 가면에 감탄만 하고 저 스스로 직접 살인마를 끌어들이다니……."

한마디 한마디가 탄식이었다.

"그대를 탓할 수만도 없는 일이오. 형산은 물론이고, 항마원 전체가 놈에게 농락당한 것이니 그만큼 치밀한 놈이란 뜻이 아니겠소. 간밤의 참사가 없었다면, 그리고 제갈 교관의 마지막 증언이 없었다면 놈의 간교함에 무림맹에서도 많은 시간을 허비했을 수도 있소."

"휴우, 이제 어찌할 생각이신지요? 놈이 부상을 당했으니 의원을 중점적으로 수색하는 것이 어떻겠습니까?"

북룡참마대주 양공은 고개를 저었다.

"아니오. 영호선의 부상은 가벼운 것이오. 놈의 교활함이 상상을 초월하니 어설프게 몸을 노출할 리가 없소. 게다가 놈은 교관을 비롯한 기재들을 혼자 힘으로 죽였소. 짐작건대 무공 수위가 무경(無境)의 유(幽)의 경지에 든 듯하오. 나와 비교해도 손색이 없을 것이오."

마윤비가 눈을 동그랗게 떴다.

무림맹의 사룡대, 즉 동룡, 서룡, 남룡, 그리고 북룡!

그 북룡참마대의 대주의 말이었다. 허언을 할 상황도 아니었고, 허언을 할 만한 위인도 아니었다. 하지만 약관도 안된 영호선이 무경의 유의 경지라는 말에는 정녕 놀람을 감출 수가 없었다.

　마윤비의 놀람은 사실 당연한 것이었다. 현재 마윤비 자신의 무공 수위는 무경에 비해 한참 아래인 초평경(超平境)의 유(幽)의 경지에 이르러 있었기 때문이다.

　검기를 발출할 수 있는 경지를 일컬어 평경(平境)이라고 하고, 평경 안에서도 경지가 나뉘어 입(入), 유(幽), 극(極)의 세 단계로 나뉘게 된다. 입의 경지는 반 갑자의 내공이 바탕이 되고, 평경의 끝이라 할 수 있는 극의 경지는 일 갑자에 근접하는 내공이 따라주어야 가능했다.

　그다음이 평경을 넘어선 초평경의 경지로 평경의 경지에서 온전한 신검합일을 이루었을 때를 가리킨다.

　초평경 또한 세 단계로 나뉘는데 혼일검객 마윤비가 초평경의 입의 경지에서 머물다 유의 경지로 접어든 것이 삼 년 전이었다. 그가 추구해야 할 극의 경지는 구름에 가린 듯 보이지 않고 있었다. 그런 상황에서 이 갑자의 내공을 넘어 검강을 구사할 수 있는 무경의 경지는 마윤비에겐 다른 세상의 일인 것이다.

　무경의 극의 경지를 넘게 되면 신화경이라 칭한다.

　현재 정파 고수들 중 신화경에 든 인물은 일성(一聖), 삼선(三仙), 오군(五君), 칠협(七俠) 중에서도 일성인 현 무림맹주와 삼선뿐이었다. 오군과 칠협은 신화경에 근접하는 무경의 극의 경지에 달했으나 무경의 유의 경지에서 극의 경지로 나아감이 난해한 것처럼 신화경과 무경에도 그 간격이 결코 작다고 할 수 없었다.

"흐음, 믿기 힘든 일이지만 드러난 결과가 그러하니 인정할 수밖에 없군요. 대주께선 이제 어떻게 할 생각이십니까?"

"이대로 분별없이 추격을 계속할 수는 없는 노릇이오. 북룡참마대는 곧바로 섬서의 무림맹 분타로 향할 것이오."

"저는 항마원으로 돌아가도록 하겠습니다. 항마출정을 나간 기재들을 모두 불러들인 상황이고, 기재들의 동요가 있을지도 모르는 일이니까요."

"그렇게 하시오. 섬서에서 화산과 종남의 힘과 합한다면 놈을 잡을 수 있을 것이오. 서룡참마대 또한 무영각의 정보를 따라 움직인다고 했으니 곧 손아귀에 떨어지게 될 것이오."

"속히 놈을 붙들길 바라겠습니다."

북룡에 이어 남룡과 서룡까지 움직였다는 말에 마윤비는 마음이 든든해졌다.

"그렇게 될 것이오. 청매를 가져오라!"

대주 양공의 말에 한 대원이 달려왔다. 대원의 어깨엔 청색 깃털을 지닌 매가 앉아 있었다.

양공은 즉시 가느다란 붓을 꺼내 암호로 현 상황을 기록하고 수하에게 건넸다.

이윽고 청매가 창공으로 날아올랐다.


*　　*　　*


서쪽으로 서쪽으로 달리길 사흘.

영호선은 하남을 넘어 섬서의 합양 부근에 이르렀다.

그날 밤, 새벽녘이 되었을 때, 더 이상의 추격의 기미는 찾을 수 없었지만 영호선은 방심할 수 없어 신형을 멈추지 않았다.

붙들리는 순간 진실은 한낱 변명이 될 것이 분명했다. 모든 죄를 뒤집어쓰고 죽게 될 것이었다.

이틀째부턴 비가 내렸다.

흔적 자체를 남기지 않기 위해 나뭇가지며 풀잎을 밟고 이동했다. 지나간 자리는 거센 빗줄기에 의해 씻겨 나갈 터.

하늘이 뚫린 듯 연이틀 폭우가 쏟아져 내렸고, 그렇게 도주한 지 사흘째가 되어서야 영호선은 작게나마 여유를 찾았다.

산중턱의 작은 동굴이었다.

쏴아아아아!

빗줄기가 땅을 거침없이 때렸다.

머리부터 발끝까지 흠뻑 젖었지만 영호선은 몸을 말릴 생각도 않고, 그저 웅크린 채로 쏟아져 내리는 비를 바라봤다.

빗줄기는 처참히 죽어간 여덟 명의 원혼을 위해 울어주는 것 같았다.

도망치는 중에 눈이 뿌옇게 변해 몇 번이고 비탈을 굴렀는지 모른다. 그렇게 울었는데도 또 눈물이 났다.

"용서해 줘……."

그들의 목에, 심장에 칼을 꽂은 것은 마도련이었지만 그 시작은 자신이었다. 너무 안일했다. 마도련에서 고작 자기 한 사람에게 집착할 리는 없다고 생각했었다. 그리고 형산에 욕을 끼칠 수 없어, 형산을 떠날 수 없어 그저 항마원에서 예정된 시간만 보내면 된다고 생각했다. 그 안일함이 가져다준 결과는 가혹했다.

담석청의 유쾌한 얼굴을 이제 세상 어디에서도 더 이상 볼 수 없었다.

처음 항마원에 입부했을 때부터 다정하게 대해준 제갈혜미도 마찬가지였다.

불호와 함께 욕을 내뱉던 광료의 목소리도 다시 듣지 못한다.

황빙빙, 옥일펑, 막겸, 왕효, 금이혁. 그들 모두 어느 누군가에겐 보물일 것이다. 생명과도 맞바꿀 수도 있는 존재이리라.

그러한 보물을 잃은 이들의 슬픔은 또 얼마나 클 것인가.

후회와 연민이 온몸을 휘감았다. 그들의 마지막이 하나씩 떠오르자, 영호선은 몸을 부들부들 떨었다.

죄책감이 끌어올라 증오로 돌변했다.

그 증오가 혈기를 자극해 살심이 온 마음에 가득 찼다.

이를 악물자, 입술이 터져 입술이 피로 덮였다.

그럼에도 영호선은 스스로 이를 악물고 있다는 사실조차 알지 못했다. 아픔도 느끼지 못했다.

쏴아아아!

거센 빗줄기도 더 이상 눈에 들어오지 않았다.

그 소리조차 들리지 않았다.

순간 영호선의 양 볼로 핏빛 지렁이가 볼록하게 튀어나왔다. 이마며, 목이며 툭툭 불거진 핏빛 지렁이가 멋대로 꿈틀거리며 혈선을 그리며 빠르게 이동했다.

두 눈의 흰자위에도 가느다란 혈선이 거미줄처럼 나타났다.

검은 눈동자에 붉은 피가 천천히 잠식해 들어갔다.

영호선이 몸을 일으켰다.

번쩍!

혈광이 폭사하고 얼굴에 귀기와 살기가 서렸다.

스스스!

영호선의 입술이 서서히 열렸다.

“모두…….”

핏빛에 물든 눈동자가 광기로 번들거렸다.

“…죽여 버리겠다. 크크크크… 한 놈도 남김없이 모두 죽여 버리겠어.”

천천히 걸음을 옮겨 동굴을 나섰다.

빗줄기가 온몸을 강타했다. 몸안의 열기로 수증기가 피어올랐다.

스릉!

검을 뽑은 영호선이 가만히 사선으로 내렸다.

검절의 발검!

그때였다.

단전이 확 타올랐다. 그 뜨거운 기운은 이내 사지백해로 퍼져 나가 삽시간에 온몸을 휘돌았다.

영호선은 휘청이며 검을 바닥에 짚었다.

혈기가 충천한 눈동자가 사그라지고, 광기가 씻은 듯 사라졌다.

영호선이 벼락같이 외쳤다.

"날 막을 생각이냐!"

산악이 쩌렁거릴 정도의 외침과 함께 혈광이 다시 돌아왔다.

그러나 그것도 잠시, 단전에서 열기가 확 터지면서 몸을 휘감자 영호선은 참지 못하고 신음을 발했다. 혈기는 다시 보이지 않았다.

그렇게 수차례 광기와 순전한 상태가 반복되자, 온 세상이 빙글빙글 돌았다. 비가 땅에서 하늘로 쏟아져 내리는 것 같았고, 산과 나무들이 거꾸로 선 것 같았다.

몸이 물먹은 솜처럼 무거웠다. 아무것도 떠오르지 않았다. 점점 어둠이 의식을 침범해 이내 모든 것이 사라졌다.

쿵!

영호선은 결국 견디지 못하고 쓰러졌다.


영호선은 모르고 있었다.

사흘 내내 한잠도 자지 못하고 물 한 모금조차 마시지 못했다는 것을. 죄책감과 증오와 분노가 마음에 가득 차 신지가 흩어진 채로 과도하게 신형을 움직였다.

그로 인해 삼원귀진의 조화가 깨지고 잠적했던 혈마환의 혈기가 분노를 매개체로 흘러나왔다.

그러나 무의식적으로 펼친 검절의 기수식이 혈기를 붙들

었다. 검절의 검예는 이미 마운천봉공과 하나로 연결되어
있었기에 이내 강력한 힘으로 증오의 혈기를 제압한 것이
다.
　꿈틀!
　빗줄기 속에 쓰러진 영호선의 뺨에 한 가닥의 핏빛 혈선이
빠르게 스치고 지나갔다.

第二章
드러난 비밀 동부

潛魔
잠마검선
劍仙

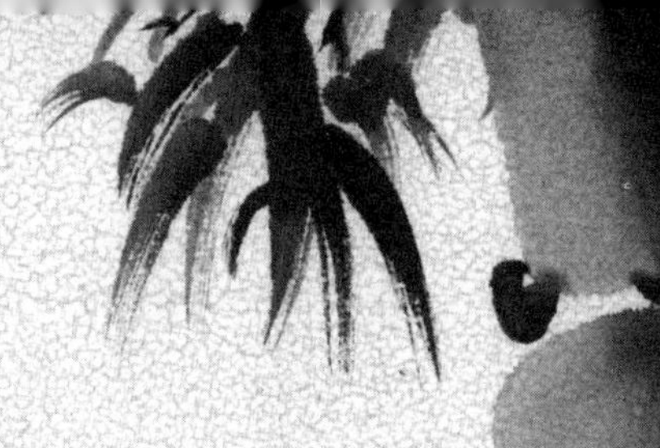

쿠콰!

침상이 뒤집어지고, 바닥에 깔린 두꺼운 천이 젖혀졌다.

"헉! 통로가 있습니다."

경악에 찬 외침에 뒤에서 지켜보던 항마원주와 수석교관 호유천의 낯빛도 경악으로 물들었다.

무림맹 정보 기관인 무영각의 연락을 받은 항마원은 벌집을 쑤셔놓은 듯 혼란에 사로잡혀 있었다.

많은 설명이 있었지만 내용은 간단했다.

영호선이 마도로 전향했다.

마도 교육기관인 잠마원에서 일 년여 동안 마공을 익혔다.

항마원에 스며든 것은 마도 활동의 일환이었다.

그동안 살아 있는 부처로 믿어 의심치 않았던 항마원의 모두에겐 충격 그 자체였다.

그리고 속속들이 전해져 온 소식에 치를 떨어야 했다.

항마칠단의 몰살!

활불의 가면 안에 흉악한 마인이 숨겨져 있었다. 항마원 전체가 한 사람에 놀아났다. 그리고 지금 눈앞에 또 다른 경악스러운 광경이 펼쳐진 것이다.

지하 암굴이라니.

항마원주는 너무도 기막힌 상황에 말조차 할 수 없다는 표정으로 지하 통로로 걸음을 옮겼다.

수석교관 호유천이 다급히 말했다.

"원주님! 영호선이 어떤 의도로 지하굴을 팠는지 알 수 없는 일입니다. 교활하기 이를 데 없는 놈이니만큼 사전 점검을 해본 후 들어가시는 것이 좋겠습니다."

"그럴 시간 없네. 또 이건 놈이 몸을 은신한 곳이니 함정 따윈 없을 터."

항마원주의 음성은 싸늘했다.

항마원주가 앞장서 지하로 향하자, 어쩔 수 없이 호윤천도 그 뒤를 따랐다.

호유천이 들어가기 전 뒤를 보고 말했다.

"다른 사람은 들어오지 말게."

꽤 긴 통로를 지나 큰 동부가 눈앞에 드러났다.

항마원주가 안광을 형형히 빛내며 사방을 주시했다. 사방
은 흑암뿐이었지만 그의 시야를 막을 순 없었다.

저만치 수로가 흐르고, 한쪽 벽면에 글자가 보였다.


양반

나이:십칠 세

문파:개방

죄목:세상을 오염시킴

특징:개념 전무


다시 그 아래로 다른 이름이 나타났다.


광료

나이:십팔 세

문파:소림

죄목:폭력 행사

특징:쌍욕의 대가

서중휘

나이:십팔 세

문파:무당

죄목:폭력 사주

특징:화산의 황빙빙과 연인 관계


막겸

나이:십칠 세

문파:송림문

죄목:폭행 치사

특징:무공 수준 저열


청연

나이:십칠 세로 추정

문파:아미파

죄목:음란

특징:염주로 몸을 비벼댐


호유천도 항마원주의 옆에서 벽면에 새겨진 글귀를 보고 분노를 터뜨렸다.

"모두 영호선 그놈의 짓이었군요."

“허허……”

화가 나야 하는데 얼마나 기가 막힌지 항마원주의 입에서 허탈함이 터졌다.

그렇다. 항마원에서 일어난 여러 소동들이 영호선의 소행이라는 명백한 증거가 드러났다.

황빙빙의 비명 소리!

양빈이 양털 같은 백의에 섭선을 든 채로 연무장에 선 일!

대재앙이라고 불릴 만한 식중독 사태!

얼마 전의 기재들을 매장했던 일까지.

호유천이 말했다.

“그런데 이상한 점이 있습니다. 영호선이 마도련의 임무를 띠고 항마원에 잠입하였다면 활불로 조용히 지내야 하건만 이런 기괴한 행적을 보였다는 점은 저로선 이해가 쉽게 되지 않는군요.”

“그대는 영호선을 옹호할 참인가!”

항마원주가 버럭 소리를 질렀다.

호유천은 항마원주를 곁에서 지켜본 시간이 적지 않았지만 지금처럼 분노한 모습은 처음이었다.

“죄송합니다.”

영호선은 항마칠단을 모두 도륙한 살인마가 아니던가.

“놈은 항마원을 고작 조롱거리로 여긴 게지. 마치 아무것도 아니라는 듯. 이 정도는 아무 문제 없다는 듯 철저히 기만한 것이 아니고 무엇이겠는가."

호유천은 아무 말도 할 수가 없었다.

곧 두 사람은 다른 쪽을 살폈다.

반대쪽 벽과 그 옆 벽면이 무너져 잔해가 바닥에 깔려 있었다. 돌무더기는 잘게 부서진 채였기에 호유천은 한참을 뒤적거리다 그중 그나마 손아귀에 쥘 정도의 돌을 찾았다.

호유천이 눈을 동그랗게 떴다.

"이… 이것은… 무공 구결 같습니다."

고작 세 글자가 적힌 것에 불과했지만 호유천은 다른 것을 생각할 수 없었다.

항마원주가 돌조각을 받아 들고 살폈다.


심신유(心深流)…….


마음을 깊이 가라앉혀 흐르게 한다. 단 세 글자에 불과했지만 이것으로도 충분했다.

"항마원에서 마공을 연성하고 있었다는 건가……."

항마원주의 목소리는 담담했지만 호유천은 그 속에서 분노를 읽을 수 있었다.

정녕 완벽한 우롱이었다.

호유천은 지그시 입술을 깨물었다.

교육 중 비무를 통해, 그리고 마유의선과 함께 맥을 점검했을 때조차 무공의 흔적을 찾을 수 없었던 것을 보면 생각보다 훨씬 더 무위가 뛰어난 것이리라.

놈이 당시 속으로 얼마나 비웃고 있었을까를 생각하니 피가 거꾸로 솟았다.

펑펑!

투두둑…….

연달아 장력이 강타하는 소리에 호유천이 보니 항마원주가 양빈 등의 이름이 적힌 벽을 부서뜨린 것이었다.

“올라가지.”

항마원주가 말했다.

“네.”

두 사람이 통로를 빠져나왔을 때, 대기하고 있던 무사가 기다렸다는 듯 입을 열었다.

“무림맹에서 호법께서 오셨습니다.”

항마원주가 나직이 고개를 끄덕였다.

호유천이 물었다.

“호법 중 누구시더냐?”

“학유신군이십니다.”

＊　　　＊　　　＊

연로한 문사의 모습!

독문병기는 한 쌍의 철관필!

무림맹 본원의 현판에 '창천(蒼天)'을 단 일 수에 새긴 명필!

정도사군 중 일인!

그러한 학유신군이 항마원주와 교관들을 바라보며 나직이 입을 열었다.

"맹주께선 이번 일로 크게 분노하고 계십니다."

상대방을 배려하는 부드러운 기운이 실린 음성이었다.

음성은 담담했으나 그 자리에 앉은 항마원주와 교관들의 마음은 무겁기 짝이 없었다.

"송구스러움을 금할 길이 없습니다."

항마원주가 고개를 숙였다.

학유신군이 말했다.

"아닙니다. 한 사람도 아니고, 모두를 감쪽같이 속였다는 것은 그만큼 영호선이라는 아이가 철두철미했기 때문이겠지요. 항마원주가 누구였더라도 진면목을 가늠하긴 어려웠을 겁니다. 제가 온 것은 문책을 하기 위함이 아닙니다. 이번 일의 시작과 끝을 명확히 파악해 자칫 더 큰 화가 초래되는 일이 없도록 하고자 함입니다. 제게 영호선에 대해 이야기해 주시겠습니까?"

항마원주는 영호선이 어떻게 항마원에 입부하게 되었고, 그 후에 벌어진 일들과 방금 전 지하 동굴을 발견한 것까지 설명했다.

학유신군은 경청하며 상황 상황마다 고개를 끄덕였다.

이윽고 항마원주의 설명이 끝을 맺자, 학유신군이 말했다.

"같은 말이 반복되더라도 교관 한 사람 한 사람의 말을 들어보고 싶습니다."

수석교관을 시작으로 모든 교관들이 말을 이었다. 그러나 항마원주의 설명과 큰 차이가 없었고, 작은 차이라는 것들도 그다지 의미있는 것들이 없었다.

마지막으로 신임 교관 소천예 차례가 되었다.

"죄송합니다. 제가 부임한 지 얼마 되지 않아 마땅히 드릴 말씀이 없습니다."

학유신군이 지그시 소천예를 응시했다.

그렇듯 응시만 할 뿐 침묵이 길어지자, 모두 의문을 띠고 학유신군과 소천예를 번갈아 바라봤다. 소천예는 마치 죄라도 진 양 얼굴이 붉게 달아올랐다.

"제가 혹시 무슨 잘못이라도……."

학유신군의 눈이 한순간 빛을 뿜었다.

이윽고 그가 말했다.

“섭혼의 술이 보이는군요.”

“섭혼이라니요?”

항마원주가 깜짝 놀라 물었다.

좌중도 이내 술렁였다.

“소 교관 안에 다른 기운이 깃들어 있음을 느낄 수 있습니다.”

가장 놀란 것은 소천예였다. 그녀로서는 영호선을 먼발치에서 본 것이 전부다시피 했을 뿐 따로 대화를 나눈 적도 없었기에 당연히 학유신군이 착각을 한 것이라고 생각했다.

“죄송하지만 저는 영호선과 접촉한 일이 없습니다.”

“영호선일 수도 있고, 다른 누구일 수도 있습니다. 어쩌면 기억의 일부분이 지워진 것일 수도 있는 일입니다. 모두에게 부탁드립니다. 제게 잠시 시간을 주시겠습니까?”

“물론입니다.”

항마원주가 대답했다.

“소 교관은 마음을 이완하고 제 눈을 응시해 주십시오.”

소천예가 의문을 접고 그 말을 따랐다.

학유신군의 눈에 현기가 아롯히 떠올랐다.

그때였다.


─깨어나십시오.

소천예는 머릿속에서 학유신군의 목소리가 들리자, 깜짝 놀라고 말았다. 하지만 이내 머리가 맑아지고, 형용하기 힘든 청량한 느낌이 퍼지는지라 그 목소리에 마음을 맡겼다.

―깨어나 스스로를 돌아봅니다. 속박을 벗습니다.

좌중은 두 사람이 그저 마주 보고 있을 뿐이지만 학유신군의 눈에 광채가 일고, 소천예가 흠칫 몸을 떨다 고요히 집중하는 것을 보고 학유신군이 섭혼의 제약을 걷어내려 한다는 것을 알 수 있었다.
실내는 고요함이 더욱 깊어졌다.
들리지 않는 세계에서는 학유신군의 의식이 담긴 말들이 끝없이 이어졌다.
소천예는 그 말을 온전히 마음으로 순응하며 따랐다.
그러다 한순간 전혀 다른 소리가 들려왔다.
딩! 딩! 딩!
맑은 음색의 종소리였다.
종소리는 마치 꿈결같이 울려 퍼졌다. 더불어 방금 전의 청량한 기운이 보잘것없이 느껴질 만큼 정결한 기운에 휩싸였다. 그것은 그녀가 단 한 번도 느껴보지 못한 순결함 그 자체였다.

소천예는 자신도 모르게 두 눈을 감고 종소리를 음미했다.

딩! 딩! 딩!

이제 더 이상 학유신군의 목소리는 들리지 않았다.

그때 학유신군이 미간을 찌푸렸다.

"알 수 없군요. 정녕 알 수 없군요."

그 말과 함께 소천예는 청량감에서 서서히 벗어났다.

긴장 속에서 지켜보던 항마원주가 물었다.

"무슨 뜻인지요?"

"본인은 소 교관의 섭혼의 제약을 풀고자 청명정음(淸鳴情音)을 운용했습니다. 하지만 뜻을 이룰 수 없었습니다. 소 교관에게 섭혼술을 시전한 자는 저와 비교할 수 없는 사람임이 틀림없습니다. 그러나 또 이해할 수 없는 것은……."

학유신군은 난감함을 금할 수 없다는 표정을 지었다.

"…그자가 결코 마도의 고수가 아니라는 것입니다."

그 말에 항마원주를 비롯한 모두가 어리둥절해지고 말았다.

"그럼 정파의 고수 중에서 누군가가 손을 썼다는 뜻입니까?"

"그렇습니다. 만약 마도 쪽이었다면 전 지금쯤 크게 내상을 입었을 것입니다. 게다가 소 교관도 무사하진 못했을 겁니다."

학유신군은 말을 하면서도 스스로 납득하기 어렵다는 듯 고개를 절레절레 저었다.

그러다 소 교관을 향해 말했다.

"소 교관, 청명정음과 그 이후 어떤 현상이라도 느낀 것이 있다면 말해주시겠습니까?"

"네, 처음에는 호법님의 목소리를 들었습니다. 이내 머리가 맑아지고 마음에 평안이 찾아왔습니다. 하지만 곧 종소리를 들었는데 그 종소리를 듣자, 방금까지 그렇게 청명하던 호법님의 목소리가……."

"괜찮으니 사실대로 말씀하셔도 좋습니다."

"…도리어 탁하게 느껴졌습니다. 종소리를 듣기 시작하면서부터는 호법님의 음성이 서서히 멀어지더니 이내 들리지 않게 되었습니다. 그 종소리는 제게 편히 쉬라고, 그저 몸을 맡기고 있으라, 말하는 것 같았습니다."

학유신군이 고개를 끄덕였다.

"감사합니다. 본인의 능력으로는 정녕 누구인지 짐작조차 할 수 없군요. 오직 그와 같은 공능은 맹주님과 삼선 중 수좌인 을지화선님 정도가 가능하지 않을까 싶습니다. 하나 두 분께서 굳이 소 교관에게 금제를 가하는 일은 없겠지요."

"영호선일 가능성은 없습니까?"

"흐음… 그렇지는 않다고 봅니다. 영호선이 마도로 전향하고 항마원에 투입되었다는 것은 곧 버리는 말로 활용되었다는 뜻이라고 할 수 있을 테니까요. 하지만 만에 하나 영호선의 짓이라면 강호는 피바람을 면키 어려울 겁니다. 항마칠단을 무참히 참살한 잔혹함에, 형용하기 힘든 현기를 머금은 상반된 힘을 지닌다는 것은 인간의 영역이라고 하기 힘들기 때문입니다. 소 교관!"

"네, 말씀하십시오."

"회의가 끝나는 대로 무림맹으로 출발하십시오. 아무래도 이번 일에 섭혼이 어떤 해답을 갖고 있을 것 같습니다. 서신을 써드리겠습니다. 맹주님이시라면 능히 섭혼의 제약을 걷어내실 수 있을 겁니다."

"그리하겠습니다."

"이제 더욱 중요한 이야기를 해야 할 때가 된 것 같군요. 현재 기재들의 시신은 각 소속 문파와 가문으로 이동 중에 있을 겁니다. 보고에 의하면 시신의 훼손이 심각할 정도라고 하니 그 분노는 자칫 백여 년 전의 정마대전을 다시 재현할 수 있을지 모르는 일입니다. 그렇게 되면 이번과는 비교할 수 없는 희생이 나올 겁니다. 항마원주님!"

학유신군이 항마원주를 바라봤다.

"네, 말씀하십시오."

"항마출정을 떠났던 기재들의 복귀는 어느 정도 이루어졌습니까?"

"약 오 할가량 복귀한 상태입니다. 가까운 지역으로 파견된 기재들은 이미 돌아왔고, 또 돌아오고 있는 중입니다만 모두 복귀하기까지에는 족히 한 달은 소요되지 않을까 싶습니다."

"현재로선 오직 기재들의 복귀에만 신경을 써주십시오. 그리고 돌아온 기재들이 자칫 경거망동하는 일이 없도록 관심을 가져주십시오. 한 명 한 명이 각 문파의 미래요, 적지 않은 영향력을 지니고 있다는 것을 간과해서는 안 되는 일입니다. 그들에게 전하십시오. 분노는 마음 깊숙이 간직하여 잊지 말고, 행동은 몇 번이고 고민해도 늦지 않은 일이라고 말입니다."

"그렇게 하겠습니다."

"저는 이 사태가 가라앉을 때까지 항마원에 머물 것입니다. 모두 한마음으로 뜻을 모아주시길 부탁드립니다."

*     *     *

항마원 지휘부의 충격은 적지 않았다. 하지만 영호선과 함께한 시간이 많은 기재들의 충격에는 비할 수 없는 것이었다.

소식을 처음 접했을 때, 항마원의 기재들은 재미없는 농담 정도로 여겼다. 그러나 이내 영호선이 항마칠단을 도륙했다는 것이 사실로 밝혀지자 모두 망연자실, 넋을 잃고 말았다.

학유신군 아래 항마원 지휘부가 한자리에 모여 있을 때, 한쪽에서는 또 다른 모임이 이루고지고 있었다.

"복수를 다른 사람의 손에 맡길 순 없어."

서중휘였다.

항마삼단으로 제일 먼저 복귀한 서중휘는 한동안 제정신이 아니었다. 눈을 뜨면 바로 앞에 황빙빙의 웃는 모습이 아른거렸고, 눈을 감으면 꿈속에서 황빙빙이 핏물에 뒤덮여 살려달라고 비명을 질러댔다.

그리고 이제 그는 더 이상 참을 수 없게 되고 말았다.

어딘가에서 한껏 조롱기 어린 미소를 짓고 있을 영호선의 온몸을 갈가리 찢어 죽이지 않고는 견딜 수 없었다.

"난 혼자라도 가겠다."

"나도 간다."

남궁추가 말을 받았다.

그 뒤를 이어 황보청우와 양빈, 모용화가 차례로 동참 의사를 밝혔다.

서중휘가 한 명씩 돌아봤다.

"죽을 수도 있다."

상대는 더 이상 어설픈 무공을 펼치며 대자대비한 관음의 미소를 짓는 활불이 아니었다. 그는 잔악하고 교활한 자다. 항마칠단은 물론이고, 보운장까지 일거에 전멸시킬 정도로 강한 무위를 지니고 있기도 했다.

"그것이 강호지."

남궁추가 나직이 말했다.

그러나 두 눈에는 살기가 어른거렸다.

모두 고개를 끄덕였다.


*　　　*　　　*


늦은 밤, 항마원주는 집무실로 들었다.

경계를 서던 무사의 인사에 항마원주는 지친 안색으로 보일 듯 말 듯 고개만 끄덕였을 뿐이었다.

무사는 항마원주를 이해할 수 있었다.

책임을 져야 하는 자로서의 고뇌가 항마원주의 등에 고스란히 엿보였다.

무사는 그 어떤 말로도 위로할 수 없음을 알기에 그저 묵묵히 자신의 자리를 지켰다.

집무실로 든 항마원주는 의자에 몸을 기댔다.

옅게 비쳐드는 달빛이 항마원주의 얼굴을 비췄다.

'정녕 영호선 너의 짓이란 말이더냐……'

第三章
영호선, 영호선, 영호선
第三章

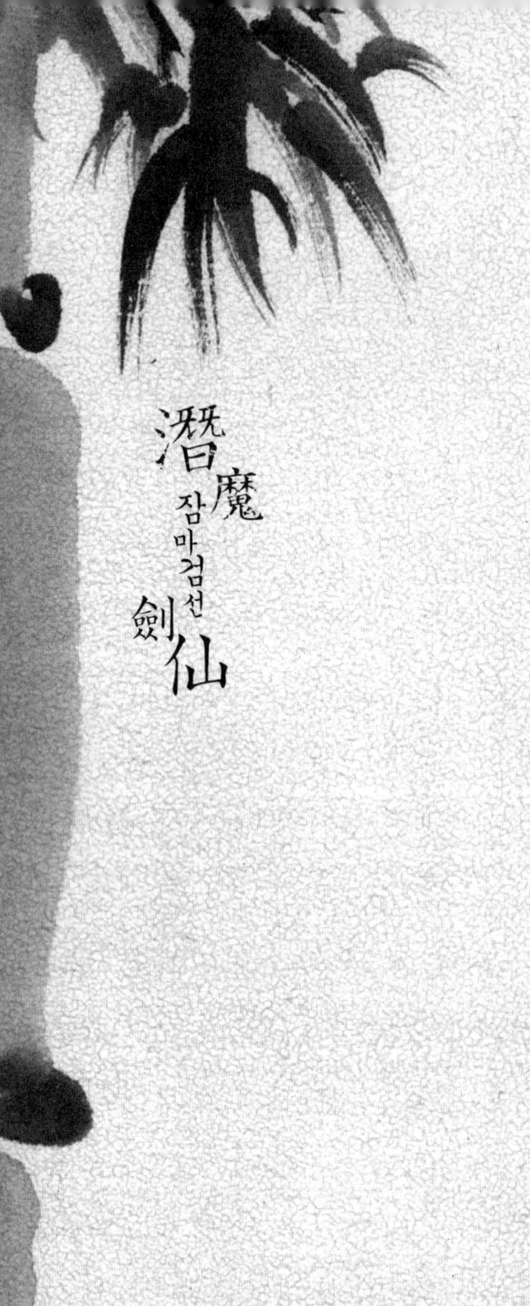

潛魔
劍仙
잠마검선

“크카카카카…….”

광소가 울렸다.

영호선은 담석청의 머리카락을 움켜쥐고 있었다.

두 눈엔 혈광이 어른거렸고, 뺨에서 이마까지 핏빛 지렁이
가 쉴 새 없이 꿈틀거렸다.

담석청의 길게 그어진 목에서는 피가 벌컥대며 뿜어지고
있었다.

담석청의 입이 달싹거렸다.

“영… 호… 선… 살… 려… 줘…….”

소리는 나지 않았다. 하지만 영호선은 알아들을 수 있었다.

"크크, 뭐라고? 잘 안 들리는데?"

담석청이 초점없는 눈을 천천히 감았다 떴다 반복했다.

"살… 려… 줘……."

"아하, 살려달라고? 내가 왜?"

"……."

담석청이 붕어가 되어 그저 뻐끔거렸다.

"재미없군."

영호선은 담석청을 던져 버렸다.

"자자, 다음엔 누가 좋을까?"

나직이 중얼거릴 때 광료가 튀어나왔다. 광료의 눈이 놀람으로 가득 찼다.

"영호선, 너… 너……."

영호선의 옷은 피로 범벅이었다.

"어이, 이봐. 미친 중놈! 불호는 외워야지. 거기에 쌍욕도 한가득 첨가해서 말이야."

"무슨 짓이냐?"

"평소대로 해, 이 새끼야!"

순간 영호선의 검이 날았다. 광료의 팔이 몸에서 떨어져 나가고 잘린 단면으로부터 피분수가 솟구쳤다.

광료가 고통에 찬 비명을 내지르며 앞으로 고꾸라졌다. 부들부들 떨며 발작하는 광료의 등을 향해 검을 박아 넣었다.

"크크크크크, 나무관세음보살. 아미타불, 지랄 염병할 새끼야, 잘 가라."

복도는 광료의 피로 흥건히 젖어들었다.

"어이 이봐, 광료! 심심하다고 살벌한 흉내를 낼 필요는 없잖아."

옥일평의 목소리였다.

영호선은 비릿하게 웃고 방으로 들어가 옥일평의 머리를 일검에 날려 버렸다. 어깨에서 떨어져 나온 머리가 바닥에 떨어졌다. 눈을 뜬 채로 옥일평이 영호선을 바라봤다. 머리를 잃은 목에서 피분수가 솟구쳤다.

"흉내 아닌데, 이걸 어쩌나?"

영호선이 바닥에 납작 엎드려 옥일평의 눈에 높이를 맞추고 검을 들이대고 흔들었다.

"……."

"너 목 잘렸다. 죽은 거야. 이해하겠냐?"

"……."

"뭐라고 말 좀 해봐, 이 새끼야. 너 죽었다고!"

머리만 떨어져 나간 옥일평의 눈에서 마지막 광채가 솟구쳤다. 그것은 회광반조였고, 또한 생의 마지막 분노였다.

"째려? 크크크, 좋게 말할 때 눈 깔아라."

목 아래로 피가 흥건히 퍼졌다.

옥일평의 숨결이 끊어졌다. 눈을 부릅뜬 채였다. 삶의 마지막에 옥일평이 본 것은 잔악한 살인자의 얼굴이었다.

"자, 다음!"

영호선은 쾌활하게 외친 후 달려갔다.

망설임없이 막겸과 금이혁과 왕효의 팔다리를 잘랐다.

방 안이 온통 피바다가 되었다.

"지렁이도 밟으면 꿈틀한다 이거냐?"

잘려 나간 금이혁의 손아귀엔 미처 발출하지 못한 한 자루의 비수가 들려 있었다.

"금이혁, 잘 봐둬라. 크크크, 이 비수가 어디에 박힐지."

영호선은 비수를 움켜쥐고, 제갈혜미와 황빙빙에게로 향했다.

벌컥!

갑작스럽게 문이 열리자, 황빙빙이 벌떡 일어섰다.

"영호선, 밖이 소란스럽던데……."

쉭!

비수가 날았다. 황빙빙은 침상에 앉은 채로 이마에 비수가 박혀 더 이상 말을 잇지 못했다. 비수가 박힌 자리에서 핏방울이 콧잔등을 타고 서서히 흘러내렸다. 그녀의 고개는 힘없이 떨구어졌다.

놀란 제갈혜미가 외쳤다.

"영호선!"

영호선이 고개를 갸우뚱하며 물었다.

"누구세요?"

제갈혜미가 장력을 날렸다.

영호선은 '흥' 소리를 내며 그녀의 옆구리를 그었다.

"아악!"

날카로운 비명 소리와 함께 제갈혜미가 쓰러졌다.

"멍청한 년, 감히 내 상대가 된다고 생각하느냐!"

영호선은 쓰러진 제갈혜미의 단전에 손을 박아넣었다 뺐다.

뚫린 아랫배는 물고기 아가미처럼 입을 쩍 벌리고 있었다.

제갈혜미가 손을 뻗어 영호선의 어깨를 잡으려 했다.

"영호…선, 왜? 왜? 우리를……!"

영호선은 벼락이 머리를 내리치는 것 같았다.

자신의 몸을 바라보았다. 피투성이였다. 자신의 피가 아닌 다른 누군가의 피. 황빙빙의 모습도 보았다.

"어떻게 된 일입니까? 교관님! 교관님 정신 차리십시오."

영호선이 제갈혜미를 품에 안았다.

"안 돼… 안 돼… 교관님……. 제발……."

꺼져 가는 목소리로 제갈혜미가 영호선의 귀에 속삭였다.

"널… 용서하지 않을 거야."


"헉, 헉, 아니야, 아니야. 내가 그런 게 아니야."

영호선은 벌떡 몸을 일으켰다.

동굴 밖이었다.

사위는 어둠에 잠겨 있었다.

"헉, 헉, 헉……."

거친 신음 소리 사이로 풀벌레 소리가 간헐적으로 들려왔다.

영호선은 달빛을 피해 동굴 안으로 들어갔다. 지금은 빛 아래에 있고 싶지 않았다. 어둠 속에서 숨고 싶었다.

동굴 벽에 기대앉아 영호선은 꿈을 떠올렸다.

항마칠단이 하나씩 죽어가는 참상이 눈에 펼쳐졌다. 하지만 그건 꿈일 뿐이었다. 내가 아니야. 내가 죽였을 리 없잖아. 영호선은 고개를 저었다. 하지만 곧바로 의문이 떠올랐다.

'정말 꿈이었을까?'

꿈이라기엔 너무도 생생했다.

어쩐지 손에 감촉까지 여전히 제갈 교관의 몸을 안고 있는 것 같았다.

영호선은 머리를 감싸쥐었다.

으스스하게 추위가 몰려왔다.

제갈혜미의 마지막 목소리가 떠올랐다.


"영… 호… 선… 왜… 우리를……."


부르르르…….

영호선은 몸을 떨며 한껏 움츠렸다.

'내가… 혹시 내가 모두를 죽인 것일까? 모두 죽인 뒤 그 사실을 잊어버린 건 아닐까? 관제묘에서 본 악귀 여인은 내가 만든 상상의 산물이 아닐까? 관제묘에 간 적도 없는 것은 아닐까? 단지… 무의식 속에서 그 사건의 진실을 잊기 위해 내가 그 자리에 없다고 생각한 것은 아닐까?

꼬리에 꼬리를 물고 의문이 이어졌다. 생각이 많아질수록 더욱더 그런 것 같았다.

몸 어딘가에서 피어난 것인지 죄책감이 스멀거리며 온몸으로 번졌다. 힘이 쭉 빠지고, 눈꺼풀이 만 근의 무게처럼 느껴졌다. 도대체 얼마나 쓰러져 있었는지 모르건만 다시 또 의식이 끊어지려 하고 있었다.

'안 돼… 이대로 무너지면 안 돼…….'

하지만 생각과 달리 영호선은 모로 쓰러졌다.

새우처럼 웅크리고 두 팔로 무릎을 감쌌다. 동굴의 어둠보다 더 짙은 어둠이 찾아와 마음을 덮자, 영호선은 다시금 아득히 의식을 잃고 말았다.


  '크크크……. 자빠져서 아주 지랄을 하는군.'
  '흠… 쉽지 않군요.'
  '넌 좀 찌그러져 있지?'
  '그럴 수 없어 죄송하군요.'
  '흥, 제길 그나저나 이 자식 언제까지 퍼질러 잘 생각인 거야. 짜증나는군.'
  '슬픔을 극복하는데는 시간이 걸리니까요.'
  '몇 놈 뒈졌기로서니 질질 짜긴. 한심한 새끼.'
어디선가 들려오는 목소리!
이건 꿈일까?
왜 얼굴을 볼 수 없지.
만약 꿈이 아니라면 이들은 과연 누굴까?
의문이 떠올랐지만 눈을 뜰 수가 없었다.
의식은 다시 가라앉았다.


  '무림맹 놈들 그림자조차 안 보이네.'
  '덕분에 다행이지요.'
  '너한테 안 물어봤거든, 이 호로새끼야!'

'입이 거친 것은 여전하시군요.'

'뭐 보태준 거 있어?'

'후후후… 제가 가지고 있지 않은 유쾌함이 부럽군요.'

'정 붙으니까 웃지 마라. 한 번만 더 웃으면 강냉이 날려 버릴 테야.'

'정이 붙는다니 반가운 소리입니다.'

'어휴, 씨팔, 내가 말을 말아야지. 근데 이 새낀 왜 죽은 척 하고 계속 누워 있는거야! 야, 깨어 있는 줄 아니까 후딱 일어 나는 게 어때?'

'최근 들어 쉰 적이 없었으니 한 번쯤 푹 쉬는 것도 필요하 겠지요.'

'넌 닥치고! 야, 일어나라고!'

불청객의 말처럼 영호선은 아까부터 깨어 있었다.

그리고 깨어난 순간부터 두 사람의 대화를 들을 수 있었다.

꿈 따위가 아니었다.

그리고 어딘지 낯익은 목소리였다. 대체 이들은 누구인가? 적이라면 이미 손을 썼을 것이리라. 그럼 친구? 아니, 친구일 리가 없다. 쓰러져 있는 것을 보고도 도울 생각도 하지 않는 이들이 어찌 친구라 할 수 있겠는가. 적도 아니고, 친구도 아 니라니. 그럼 왜 계속 지켜보고 있는 걸까? 아무리 생각해도 누구일지 짐작조차 할 수 없었다.

진탕된 마음이 조금씩 진정되면서 서서히 힘이 모아지고 있었다. 조금만 더, 조금만 더…….

'답답하구먼. 약해 빠져가지고. 이 새끼야, 이 모든 게 다 너 때문이야.'

'지금 누굴 탓하는 게 무슨 의미가 있겠습니까? 모든 것이 엉킨 실타래처럼 뒤섞여 버렸으니 말입니다.'

'하여간 한마디도 지질 않지.'

'항마칠단을 참살한 것은 마도련이 확실한데 그건 어떻게 생각하시는지요?'

'내가 알게 뭐냐. 죽이고 싶었나 보지. 칼부림이 없는 무림 봤냐? 앙? 죽고 죽이는 거야. 너라는 놈은 도대체 무림에서 뭘 바라는 거냐?'

두 사람은 늘 그래 왔듯 이것저것 말다툼을 하고 있었다. 대화를 들으며 영호선은 의문이 더욱 짙어졌다. 어떻게 된 일인지 이들은 자신의 모든 것을 알고 있는 것 같았다.

이젠 일어날 때가 되었다.

기력은 완전히 회복되었다. 으슬거리던 떨림도 더 이상 일지 않았고, 불덩이 같던 머리의 열도 사라졌다. 슬픔과 분노에 짓이겨져 고갈된 심력도 회복된 것인지 의식이 명료했다.

혹시 잠든 사이에 두 사람이 치료를 해준 것은 아닌가 하는 생각이 들기도 했다.

그것이 사실이든 아니든 두 사람이 적의를 지니지 않았다는 것은 확실했다.

'오호, 이제 일어날 마음이 생긴 모양인데.'

'네, 모두 회복된 듯 보이는군요. 천만다행입니다.'

영호선이 몸을 일으켰다.

동굴 입구 쪽에 두 사람이 햇빛을 등지고 서 있었다. 도대체 얼마나 오래 누워 있었는지 일시적으로 눈이 부셔 얼굴을 확인할 수 없었다. 단지 한 사람은 살짝 짝다리를 짓고 다리를 떨고 있었고, 그 옆에 선 사람은 자세가 반듯했다.

영호선이 예를 취했다.

"영호선입니다. 두 분께서 혹시 저를 구해주신 것이라면 감사의 말씀을 드립니다."

'저 새끼 지금 뭐라고 그러는 거냐?'

'아직 모르고 있는 것 같군요. 하긴 너무 오래 누워 있긴 했죠.'

영호선은 고개를 갸웃했다.

'뭘 모른다는 거지?

"두 분의 대명은 어찌 되십니까?"

반듯한 자세로 선 자가 대답했다.

'저는 영호선입니다.'

바로 짝다리도 말을 찍 뱉었다.

'나도⋯⋯.'

"그, 그게 무슨⋯⋯."

그쯤 영호선은 안력을 회복했다.

눈앞의 두 사람을 선명하게 볼 수 있었다.

영호선은 몸을 휘청이며 한 걸음 물러섰다.

그들의 말이 맞았다. 어이없게도 정녕 그들은 영호선이었다.

"어, 어떻게⋯ 이런 일이⋯⋯."

한쪽은 눈에 혈광이 번쩍이고, 핏빛 혈기가 안면 이곳저곳을 멋대로 이동하고 있었다. 그리고 다른 한쪽은 정심한 두 눈에 공손함이 깃든 영호선이었다.

영호선은 찰나적으로 한 가지 생각을 떠올렸다.

'역용?'

그리고 빠르게 이어지는 생각은 바로 제갈 교관의 마지막 유언이었다.


"영호선⋯ 네가 어떻게⋯⋯."


둘의 역용은 완벽했다. 하나는 잠마원에서의 모습 그대로였고, 다른 하나는 항마원에서의 자신이었다. 그 어디에도 흠을 찾을 수 없을 만큼 완전무결한 역용이었다.

이 정도이니 항마칠단이 당한 것도 이해가 됐다. 그들은 설마 설마 하다 무방비 상태로 주춤거리다 당하고 만 것이리라.

왜 그 생각을 못했을까? 단순히 섭혼술로 조작했을 것이라고만 생각했다. 역용이라면 아주 간단히 해결되는 일인데 말이다.

영호선은 분노가 치밀었다. 도리어 웃음이 나왔다.

"하하하하하!"

먼 길을 가지 않아도 당장 눈앞에 복수할 놈들이 버젓이 서 있으니 이보다 기쁠 수 없었다.

'저 새끼 갑자기 왜 처웃냐?

'소인이 생각하기엔 오해를 하고 있는 것 같습니다.'

두 사람의 말을 들으며 영호선이 히죽 웃었다.

"오해? 오해는 네놈들이 한 것 같구나. 내가 쓰러져 있을 때 살려둔 것이 실수였다는 것을 보여주지."

영호선은 내력을 끌어모아 두 사람을 향해 장력을 퍼부었다.

'앗! 뭐야. 이 새끼가 진짜 미친 것 아냐!

'진정하십시오!

두 사람은 화들짝 놀라 양옆으로 물러났다. 신법이 마치 귀신처럼 신묘하기 이를 데 없었다. 발을 움직인 것 같지도 않았건만 장력의 세력권을 순간적으로 벗어난 것이다. 항마칠단과 보운장을 전멸시키기에 충분한 실력이었다.

영호선은 고개를 끄덕였다.

"좋구나, 좋아. 그 정도의 실력은 돼야 심심찮지. 그냥 뒈져 버리면 섭섭하지."

스릉!

영호선이 검을 뽑아 사선으로 내렸다.

동굴 밖에서 옅게 비춰 들어온 햇빛에 검이 반짝하고 빛났다.

'이 새끼야, 누가 누굴 죽였다고 그러는 거야?'

'우리가 죽인 것이 아닙니다.'

영호선이 나직이 말했다.

"늦었어."

금빛 광망이 검끝에서부터 맺히더니 이내 검신 전체가 광망에 뒤덮였다.

'뭐야, 저 새끼 검절의 검결을 쓰려는 거잖아. 야, 이 새끼야. 정신 차려. 날 정말 죽일 셈이냐!'

'검을 거두십시오.'

잠마원의 영호선과 항마원의 영호선의 말에 영호선이 검격으로 화답했다.

신형을 날리며 검절의 검예를 뿜어냈다. 순식간에 동굴 안이 금빛 광망으로 가득 찼다. 이윽고 허공에 금빛 줄기들이 천천히 사라졌다.

광망이 사라진 대신 항마칠단의 얼굴이, 그리고 언제나 다정하게 미소 짓던 제갈혜미가 떠올랐다.

'두 명뿐이지만… 이것은 시작입니다.'

마음 한편으로 너무 손쉽게 목숨을 거두었나 하는 아쉬움이 들기도 했다. 항마칠단의 참혹한 주검을 보자면 사지를 잘라내고 산 아래까지 끌고 다녀도 시원찮을 놈들이었다.

쩌저적!

뒤늦게 동굴의 천장과 벽면의 일부가 떨어져 내렸다.

그리고 드러난 광경!

영호선은 당혹을 감추지 못했다.

피분수를 뿌리며 죽어 있어야 할 두 놈의 모습이 보이지 않았다. 분명히 두 놈을 베었다. 부인할 수 없는 사실이었다. 검수가 어찌 자신이 벤 대상을 잘못 볼 수 있단 말인가.

'어, 어떻게 된 거지?'

고도의 환술을 부리는 자인가 싶어 서둘러 동굴 밖으로 나가봤다. 정교한 역용을 구사할 정도라면 환술을 부리지 못하리란 법도 없었다.

그러나 바깥 어디에도 그림자조차 찾을 수 없었다. 그냥 꺼지듯 사라져 버린 것이다. 미친 사부 정도라면 납득할 수 있

을 테지만 어찌 미친 사부 같은 존재가 두 사람이나 더 있을
수 있을 것인가.
　그때였다.
　'흐미, 저 새끼 저거 놀라는 것 봐라. 아주 정신이 나갔구
만, 나갔어.'
　영호선이 부르르 몸을 떨었다.
　목소리가 들린 건 등 뒤, 동굴 안쪽이었다. 차마 돌아볼 용
기가 나지 않았다.
　이어 저만치 잡목들 사이로 한 사람이 천천히 걸어왔다.
　항마원에서의 모습으로 역용한 자였다.
　'역용이 아닙니다.'
　'마음까지 읽을 수 있단 말인가?'
　'물론입니다.'
　'말도 안 돼.'
　'말도 안 되는 일은 강호에 흔한 일이니까요.'
　완벽히 머리에 떠오른 생각에 대한 답변이었다.
　절로 식은땀이 흘러 등줄기를 타고 흘렀다.
　'너흰 대체 누구냐?'
　이번에도 마음으로 물었다.
　'정식으로 인사드립니다. 소인은 영호선입니다.'
　그때 등 뒤에서 노성이 터졌다.

'이 새끼야, 내 이름 사칭하지 말라고 했을 텐데. 죽고 싶어 환장했냐!'

화난 목소리가 끝나기도 전에 목소리의 주인이 옆에 섰다.

영호선은 천천히 고개를 돌려 바라봤다.

두 눈이 혈광으로 번들거리고, 핏빛 혈기가 이마에서 관자놀이 쪽으로 빠르게 움직였다.

그가 한쪽 입꼬리를 올렸다.

'뭘 봐! 눈 깔아라.'

"서, 설마⋯⋯."

영호선이 떨리는 손길로 어깨를 짚었다.

쑤욱!

손은 어깨를 그대로 관통하고 그대로 허공을 휘저었다.

"헉! 뭐야!"

영호선은 입을 쩍 벌렸다.

혈광을 띤 눈동자가 히죽거렸다.

'새끼, 놀라긴.'


쿵! 쿵! 쿵!

영호선은 동굴 벽에 머리를 박았다.

"돌아버렸어, 돌아버린 거야."

쿵! 쿵!

머리를 박다 말고 저만치 두 놈을 바라봤다.

한 놈은 조롱 어린 웃음을 지었고, 한 놈은 슬며시 고개를 끄덕였다.

"제길, 안 돼. 아직도 보여."

쿵! 쿵!

다시 머리를 박았다.

어떻게 이런 일이 있을 수 있단 말인가.

그러니까 저 두 놈은 실체가 아니라 순전히 자신이 만들어 낸 환영이었다. 그런데 환영주 제에 쉴 새 없이 쫑알대고, 멋대로 활동하고 있었다.

완전히 돌지 않고서야 불가능한 일이었다.

잠마원에서 유은령을 보고 미쳤다고 했지만 지금 상태를 보자면 유은령에게 사과를 해야 할 판이었다.

미친 사부는 '이 새끼야, 내가 진작부터 그랬잖느냐. 너 미친놈이라고' 라며 뒤통수를 휘갈길 것이리라.

형산에서 잠마원!

잠마원에 이어 항마원!

그리고 이제 살인 누명까지 뒤집어쓰고… 머리는 돌아버렸다.

"안 돼. 이렇게 돌아버릴 순 없어."

쿵! 쿵! 쿵!

제발 사라져라. 이대로는 아무것도 할 수 없어. 앞으로 헤쳐 나가야 할 길이 태산인데 이 무슨 해괴망측한 광기란 말인가!

'야! 그만 좀 박어!'

영호선은 화들짝 놀라 더 거세게 머리를 박았다.

쿵! 쿵! 쿵!

'그러다 머리가 남아나지 않겠습니다.'

쿵! 쿵! 쿵!

'야 인마, 너 뒤지면 나도 뒤진단 말이야. 작작 좀 하라고.'

쿵! 쿵! 쿵!

'우린 아직 할 일이 남아 있다는 것을 잊지 마십시오.'

쿵! 쿵! 쿵!

목소리가 들릴수록 영호선은 더욱더 거세게 머리를 박았다. 저 목소리가 순전히 자신의 뇌에서 생성해 낸 것이라는 사실을 믿을 수 없었다. 지금 생각하고 있는 자신이 버젓이 있는데 왜 또 다른 소리를 만들어낸단 말인가.

'에혀, 뒈지는 말든 알아서 해라. 어차피 한 번 태어나면 죽는 것 어떻게 죽든 끝내는 다 뒈지게 마련이니까.'

'지금은 따뜻한 위로가 필요한 시기지요. 자극하는 말은 삼가주십시오. 소인, 진심으로 부탁드립니다.'

'넌 닥쳐! 이 성인군자새끼야.'

'흐음, 말씀이 심하시군요. 어머니께서 말씀하시길……'

'닥치라고, 너 진짜 뒈져 볼래?'

'정 그러시다면 사양하지 않겠습니다.'

'오냐, 오늘은 반드시 죽여주마. 다시는 나타나지 않도록.'

'불가합니다.'

'쿠오오오오! 죽어라!'

쿵!

머리를 박다 말고 영호선이 두 놈을 바라봤다.

말다툼이 넘어 서로 장력을 퍼부으며 격렬한 싸움이 시작되었다.

한 놈은 혈우파보를 밟으며 마룡박격으로 몸을 뜯어 발기려 했고, 한 놈은 형산의 뢰환수로 상대하고 있었다.

꿀꺽!

영호선은 절로 마른침을 삼켰다.

너무나 선명한 두 놈의 모습이 정녕 살아 있는 실체 같았다. 그 존재감이 선명하다는 것은 그야말로 선명히 미쳐 버렸다는 뜻이리라.

한꺼번에 세 가지 상념을 떠올리는 인간이 되고 말았다.

뇌가 세 조각으로 나뉘어져 버린 것일까?

영호선은 머리를 감싸쥐고 주저앉았다.

두 놈의 외치는 소리가 귀청에 박혔다.
'망할새끼, 뒈져라.'
'이제 그만하시는 게 어떻습니까?'
'닥쳐!'


온 세상이 어둠에 잠겼다.
앞날도 어둡기 짝이 없었다.
영호선은 동굴 귀퉁이에 반듯하게 누워 있었다.
그 양옆으로는 한 놈씩 자리했다.
격렬한 싸움을 한없이 지켜보고, 벽에 머리를 박고, 다시 쭈그리고 앉아 머리를 감싸기를 반복하던 영호선은 급기야 자신이 돌아버렸다는 사실을 그냥 받아들이기로 마음먹어 버렸다.
어쩔 수 없는 일이었다. 죽지 않는 한 지금으로선 방법이 없었다.
대화도 나누었다.
자신이 만들어낸 실체와 대화를 나누고 있다는 사실에 돌아버릴 것 같았지만 더 돌아버릴 것도 없는 마당이라는 것을 인지하고 허탈한 웃음만 짓고 말았다.
두 놈 다 영호선이었기 때문에 '영호선' 이라고 부를 수도 없었다. 솔직히 자신이 영호선인데 다른 누군가를 영호선이라고 부른다는 것은 어쩐지 무섭기까지 했다.

그래서 하는 수없이 이름을 붙여주었다.

한 놈은 펄펄 뛰며 나랑 생사를 결하자고 난리를 피웠고, 다른 한 놈도 안색이 어두워진 것이 못마땅한 기색이 역력했다.

영호선은 하는 수 없이 '이 새끼들아, 말 안 들으면 나 확 죽어버린다' 라는… 스스로 생각해도 어이없는 협박을 했고, 다시 더 기막히게도 그 협박이 통해 이름을 정했다.

미친놈은 잠마! 부처는 항마!

이름까지 지어주다니. 영호선은 어둠 속에서 몸을 뒤척이며 한숨을 내쉬었다.

"휴우……."

'땅 꺼진다.'

영호선이 흘깃 잠마를 바라봤다.

'눈 깔아라, 확 파버리기 전에.'

혈광이 번쩍하고 빛을 뿜었다. 이것도 내가 만들어낸 형상이겠지? 너무나 진짜 같았다.

생각이 거기에 미치자 영호선은 퍼뜩 한 가지 사실을 떠올렸다.

'설마…….'

영호선이 벌떡 몸을 일으켰다.

몸이 절로 부르르 떨렸다. 두려움이 스멀거리며 피어났다.

이렇게 완벽한 잠마를 만들어낼 수 있다면 항마칠단을 무

의식 상태에서 죽인 것인지도 모른다는 생각이었다. 그때 상
태가 만약 잠마의 상태였다면…….

'정말 네가 죽인 거냐?'

영호선은 의도적으로 입을 열지 않고 생각으로 물었다.

잠마의 한쪽 입꼬리가 올라갔다.

'미안.'

'아…….'

영호선은 하늘이 무너지는 것 같았다.

잠마의 말이 이어졌다.

'클클, 나도 안타깝다. 내가 죽였어야 했는데 말이야. 난
갇혀 있어서 손을 쓸 수가 있어야지. 많이많이 미안.'

"휴우……."

영호선은 가슴을 쓸어내렸다. 한숨만 늘어간다.

무의식이 만든 환영이 살인을 부인했다. 그건 곧 무의식의
대답이라 할 수 있었다.

'그럼 누구지? 역시 마도련인 건가? 대체 왜?'

'왜긴. 그만큼 내가 인재라는 것이겠지.'

잠마가 낄낄거렸다.

항마가 불쑥 끼어들었다.

'지금이라도 늦지 않았습니다. 무림맹으로 돌아가 그동안
의 자초지종을 이야기한다면 충분히 납득시킬 수 있습니다.'

‘클클, 그거 좋지. 무림맹으로 돌아가서 몇 놈 더 죽여 버리는 거다.’

‘생명은 소중한 것입니다.’

잠마와 항마가 다시 다투기 시작했다.

영호선은 고개를 절레절레 흔들고, 귀를 틀어막았다.


‘아! 어서 익어라, 어서 익어.’

지글거리며 구워지는 사슴을 보며 잠마가 발을 동동 굴렸다. 두 손을 마구 비벼대고, 입에서는 침을 질질 흘리고 있었다.

반면 항마는 사슴을 향해 큰 절을 올리며 어쩔 수 없었노라며 용서를 빌고, 감사를 표하고 있었다.

"휴우……."

그 가운데서 영호선은 한숨만 내뱉었다. 이놈이나 저놈이나 모두 정상이 아니었다.

아침이 되어 뭘 좀 먹자고 고함을 지르기 시작한 것은 잠마였다. 그제야 영호선은 보운장에서 몸을 빼낸 이후로 물조차 먹지 않았던 것을 깨달았다.

이미 뱃가죽은 등에 달라붙어 있었다. 그동안 지쳐 쓰러진 데다 잠마와 항마까지 보이면서 먹는 것 자체를 생각도 못하고 있었는데 비로소 배고픔을 느끼기 시작한 것이다.

일단 냇가를 찾아 물을 마시고, 내친김에 사슴을 잡고 굽기 시작했는데 두 놈의 반응을 보고 있자니 가관도 아니었다.

"이 자식들아, 조용히 못 해."

'너나 닥쳐! 아, 돌겠네. 언제 익냐 이거.'

'사슴이 불쌍하지도 않으십니까?'

영호선은 하루밖에 지나지 않았는데 어느덧 환영들과 아무렇지 않게 이야기를 나누는 자신을 보며 그만 웃고 말았다.

"후후……."

그래, 그냥 미쳐 보자. 도대체 어디까지 가나.

"이제 익은 것 같다. 자, 먹어보자."

말이 떨어지기 무섭게 잠마가 사슴을 향해 달려들었다.

항마는 차분히 고기를 떼어냈다.

한 사람이지만 세 사람이 함께 식사를 하고 있었다. 그래도 혼자 먹는 것보단 훨씬 나은 기분이었다.

그래, 미친 건 확실하다.

그런데 이놈들하고 함께 있는 게 왜 이렇게 편안하지?

마음에 한결 여유가 생겼다. 북룡참마대에 쫓길 때만 해도 고독한 도망자 신세였는데 어느새 친구가 두 명이나 생긴 셈이었다.

친구라는 건 이런 것일까?

괴로울 때 누군가 옆에 있다는 것. 꼭 해결책을 제시해 주지는 않더라도 그저 마음을 알아주고, 심정을 토로할 수 있는 그런 존재.

그러고 보니 지금껏 친구다운 친구를 사귀지도 못했다. 잠마원에서는 다 죽여 버리겠다고 날마다 패대기치느라 바빴고, 항마원에서는 한껏 움츠리느라 마음을 다 표현할 길이 없었다.

가장 친구에 가까운 존재라면 어떻게 보면 미친 사부 정도였다.

'지금쯤이면 사부도 지하 동부에서 용암어를 드시고 계시려나?'

사부가 여느 때와 달리 진중한 어조로 함께 가자고 했을 때, 어쩌면 사부는 지금의 이런 상황을 예견했는지도 모른다는 생각이 들었다.

스스로 우화등선의 길을 포기할 정도의 사부가 아니던가.

'야, 말 나온 김에 잠마원에 가자. 용암어가 생각나 버렸어. 흐미, 먹고 싶어 미치겠다.'

잠마였다.

항마가 바로 반대 의견을 냈다.

'소인의 생각으로는 무림맹으로 가는 것이 좋겠습니다.'

'사부의 힘을 빌리면 되잖아. 대체 어떤 놈이 사주한 것인지 사부랑 다니면서 다 죽여 버리자고.'

영호선은 가만히 고기만 오물거렸다.

잠마의 말이 일리가 있었다. 하지만 가는 길은 너무 멀었다. 아무런 제약이 없고, 누명을 뒤집어쓰지 않았다면 그 길은 천하태평한 짧은 길일 테지만 곳곳에 함정이 기다리고 있을 터.

게다가 정신 상태도 염려스러웠다.

항마칠단의 죽음을 목격한 이후 마음의 뿌리가 흐트러져 혈마환이 그 틈새로 삐져 나온 것이 틀림없었다. 스스로도 종잡을 수 없는 상태인 것이다. 그런데 버젓이 얼굴을 드러내 놓고 다니기엔 자신이 없었다.

그때 불쑥 잠마가 말했다.

'이 멍청한 새끼야, 배운 것은 써먹으라고 있는 거지. 역용을 하면 될 거 아냐? 미련한 새끼, 저런 게 나라고 에혀……'

"역용?"

'생각 안 나냐? 유은령의 이모!'

"아, 그렇지. 내가 왜 그 생각을 못했지."

영호선은 환하게 웃었다.

당시에는 내공이 따라주지 못하는 데다 간단하리라 생각했던 역용이 실제로는 심오하기 이를 데 없어 짜증 속에서 접어두고 있었는데 지금이라면 충분히 가능할 것 같았다.

"잠마, 이 자식! 너 무지 똑똑하구나, 똑똑해. 맘에 들었다."

'정녕 숨어 다니실 겁니까?'
항마였다.
잠마가 항마의 머리를 후려갈겼다.
'넌 그냥 입 좀 다물고 있어라.'
영호선도 항마의 머리를 후려쳤다.
"인마, 잠마가 맞아."
물론 허공을 저을 뿐이었다.

'정녕 숨어 다니실 겁니까?'

第四章
손바닥 위의 강호
第四章

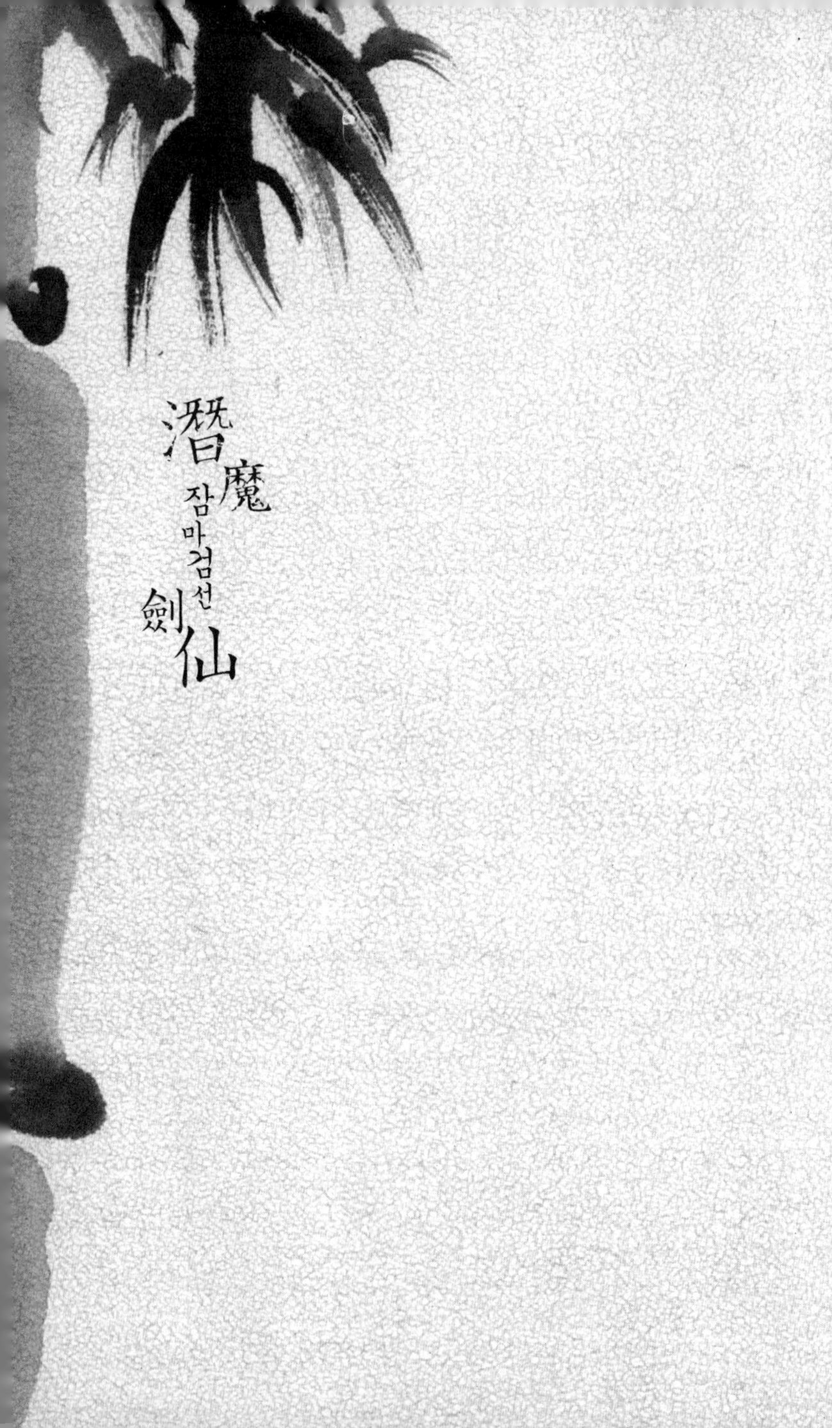

潛魔劍仙
잠마검선

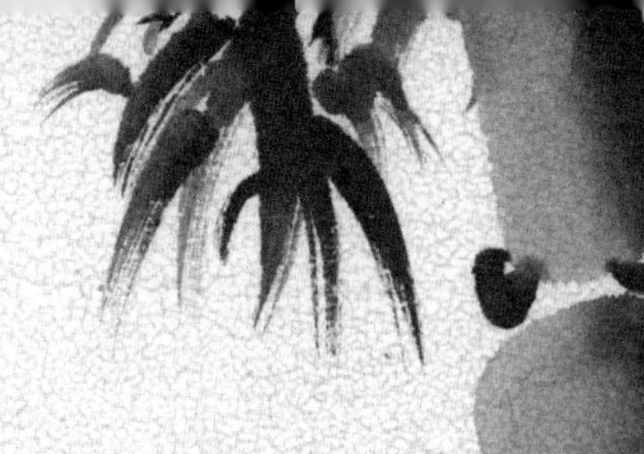

호롱불이 한 점 흔들림 없이 서재 안을 비췄다.

꼽추의 눈은 호롱불을 닮아 있었다. 그의 몸은 비록 왜소하고 구부정했지만 그의 두 눈만큼은 일체의 흔들림도 없었다.

꼽추는 오늘도 다른 날과 마찬가지로 서류 더미에 파묻혀 있었다. 등 뒤와 좌우 벽면엔 천장 높이까지 수만 권의 책이 있었다.

그에겐 이 서류들이, 이 수만 권의 책이 벗이요, 가족이었고, 전우였다.

그리고 지금 눈앞엔 수하가 있었다.

꼽추가 말했다.

"영호선이 도주했다고?"

"그렇습니다."

묵빛의 악귀 형상 가면을 쓴 흑귀가 부복한 채 답했다.

"하하하하……. 뜻대로 움직여 주는구나. 역시 기대를 저버리지 않는 녀석이야. 영호선이란 아이가 마음에 든다."

"잠마원에서의 명성대로였습니다."

"암, 그래야지. 아직 잡혀선 곤란하다. 하나 만약에 영호선이 잡히게 되면 입을 열기 전에 처리할 준비는 하고 있어야 한다."

"그 부분은 염려하지 않으셔도 될 듯합니다. 백귀는 그런 실수를 하지 않을 것입니다. 백귀는 이번에 영호선이 붙잡힐 것임을 가정하고 이미 손을 쓸 준비를 하고 있었습니다."

"좋다. 음, 그리고 잠마원에 출현한 괴인의 정체는 어찌 되었느냐?"

"…죄송합니다. 아직 그자의 정체에 대해서는 알아내지 못했습니다."

부복한 흑귀의 어깨가 미세하게 떨렸다.

명령이 떨어진 지 이미 수개월이 지났다. 그럼에도 그는 단서조차 찾지 못한 것이다. 이는 태만이요, 어리석음이었다.

“흠······.”

꼽추가 낮게 신음성을 흘렸다.

“궁금해지는군. 너를 탓할 일이 아니다. 그 괴인이 그만큼 뛰어난 자라는 뜻이겠지. 아니면 특별한 자이든지.”

흑귀가 머리를 땅에 닿을 듯 숙였다.

“속하, 최선을 다하겠습니다.”

“고대로부터 지금까지 가공할 피의 전쟁은 매우 사소한 것에서 출발했다. 바로 지금 우리가 행하고자 하는 일도 바로 그러하지. 작은 균열이 거대한 둑을 무너뜨리는 것. 그렇기에 잊지 말아야 할 것은 우리의 계획 또한 그러한 작은 균열을 쉽게 생각해서는 안 된다는 것이다.”

“속하, 명심하겠습니다. 그리고 항마원의 자귀로부터 정보가 들어왔습니다.”

흑귀가 조심스럽게 다가가 품에서 서신을 건넸다.

서신을 펼쳐 본 꼽추의 눈이 가늘어졌다.

“섭혼? 섭혼이라······.”

꼽추가 서신을 흑귀에게 던졌다.

서신은 마치 딱딱한 송판인 양 펄럭임도 없이 흑귀에게 날아갔다.

흑귀가 받아 들고 서둘러 살폈다.

기괴한 문자 형태가 복잡하게 얽혀 있었지만 흑귀는 보통의 문장을 보듯 읽어나갔다. 서신의 내용 중 눈에 띄는 것은 역시 섭혼에 관한 것이었다.

…학유신군이 신임 교관으로 부임한 소천예가 섭혼에 걸려 있다는 것을 알아냈으나 결국 섭혼을 해제하지 못했습니다. 섭혼술을 펼친 자는 학유신군조차 어찌할 수 없는 고수로 보입니다. 특이한 점은 섭혼의 술 자체는 마도의 무학이나 요법에 의한 것이 아니라고 학유신군이 밝혔다는 점입니다.

흑귀는 침묵 속에서 골몰했다.

서신을 읽으라 하신 것은 뜻을 물음이었다.

잠마원에서 괴인이 출현한 데 이어 항마원에서도 정체불명의 고수가 나타났다.

동일인물이 아닌가 싶었지만 첨가된 말이 걸리적거렸다.

정파에 학유신군보다 뛰어난 무위를 지닌 자는 고작 넷! 섭혼술을 꼭 마도나 사도에서 사용해야 한다거나, 마도나 사도에서만 가능하다는 것은 아니었다.

해제할 수 있으니 시전도 가능한 일이긴 하지만 그런 수법을 굳이 사용할 만한 자는 정도의 초절정고수인 네 사람 중에 없었다. 그래도 쉽게 그들을 용의선상에서 배제할 수도 없었다.

만약이란 가정이 필요했다.

정녕 그들 네 사람 중 한 명이 섭혼술을 사용하였다면 과연 무슨 이유일까?

답은 쉽게 떠오르지 않았다.

흑귀는 망설이다 입을 열었다.

"백귀를 통해 일성(一聖)과 삼선(三仙)의 근간 행적을 알아보라 하겠습니다."

꼽추가 고개를 저었다.

"그럴 필요 없다. 그들은 바람과 같은 존재들. 오고 감이 자유로우니 있는 듯하나 없고, 없는 듯하나 있으니 그 자체가 의미없는 일이다. 대신 신임 교관의 섭혼을 해제하기 위해 이미 무림맹으로 보내졌을 테니 그 상황을 면밀히 파악해 보는 것이 빠를 것이다."

"그리 전하겠습니다."

꼽추가 지그시 눈을 감았다.

'대체… 너희는 누구냐……?

상대를 모른다는 것, 그것은 꽤나 불쾌한 일이었다. 그동안 강호를 손바닥 안에 머물게 하려고 얼마나 많은 노력을 했던가. 그리고 이제 뜻을 이루어 장기판의 말처럼 이리저리 움직이기만 하면 되었다.

그런데 두 가지 의외의 상황이 발생한 것이다. 어쩌면 하찮은 일일 수도 있지만 하찮음이 어느 한순간 가장 중요한 일이 될 수도 있었다.

꼽추는 마음 한편에 이 일을 담아두었다.

한 가지 일에만 붙들려 있을 수는 없었다. 대신 이 미적지근하게 심기를 거스르는 사안 곁에 마음의 등불을 밝혀두는 것도 잊지 않았다.

"백귀에게 접촉하려는 세력은?"

"제갈세가입니다."

"제갈세가라면 적당하군. 마도련 분타 한 곳이면 되겠구나. 슬슬 마도련도 깨울 때가 되었지. 청귀에게도 연락하라. 잠마원의 기재들을 활용할 때가 되었다고."

"속하, 명을 받듭니다."

*     *     *

태산 같은 기도!

거대한 산악이 서 있었다.

'정녕 같은 사람이거늘……'

항마원의 신임 교관 소천예가 무림맹주를 바라보며 생각한 순수한 감상이었다.

정도제일의 고수!

절대적인 무위!

일성 삼선 오군 중 수좌!

창천검성(蒼天劍聖)!

무림맹주를 친견한 것은 처음이었다.

세수 칠십 세를 넘긴 것으로 알려졌지만 그녀가 보기엔 오십 세 전후 같았다.

귀밑머리가 희끗하고, 연륜이 엿보이는 얼굴, 검미는 날카롭지만 그 아래 두 눈은 한 점의 정념조차 없이 그윽이 가라앉아 있어 마주 보는 눈이 편안하기 이를 데 없었다.

그럼에도 가부좌를 틀고 앉아 있는 그 자체만으로 태산의 모습이니 절로 존경하는 마음이 우러나왔다.

"무념(無念)에 머물러 주겠나?"

담담히 흘러나오는 음성에 소천예는 비로소 자신의 실태를 깨달았다. 넋이 나가 그만 자신이 이 자리에 온 목적을 잊고 있었던 것이다.

이곳은 무림맹 내 연공실.

사사롭게 감탄을 떠올릴 장소가 아니었고, 그럴 때도 아니었다.

소천예는 즉시 사념을 떨쳐 냈다.

그녀가 무림맹주와 마주 앉게 된 것은 항마원에서 학유신 군을 통해 섭혼의 술에 걸린 것이 드러났기 때문이었다. 그녀의 기억이 누군가에 의해 지워졌다면 그것은 그만큼 중요한 것일 터. 반드시 알아내야 하는 일이었다.

그녀는 눈을 감았다.

진결을 따라 기운을 천천히 가라앉히자, 그에 따라 의식의 파장도 서서히 침전물처럼 마음의 바닥에 가라앉았다.

창천검성은 지그시 소천예를 응시했다.

그녀의 몸에 허허로운 기운이 감돌고, 이내 의식의 파장이 옅어지는 것을 느낄 수 있었다.

창천검성이 두 손을 단전 부위로 올렸다.

오른손이 위로, 왼손이 아래로 향했다.

보이지 않는 구슬을 아래쪽에서 받치고, 위에서 덮는 형상이었다.

이윽고 손바닥 사이의 빈 공간에 옅은 빛이 맺히더니 점점 빛이 더해지며 새하얀 광채를 띤 둥그런 빛 덩어리가 나타났다.

창천검성은 손을 천천히 움직였다.

아래쪽에 있던 왼손바닥이 위로 향하고, 위쪽에서 덮어 누르던 오른손은 아래로 향했다. 그에 따라 백색 광채의 덩어리도 손의 움직임을 따라 돌았다.

손의 위치가 완전히 전환되자, 빛의 구슬은 태극의 문양으로 변해 있었다.

"후우우우……."

창천검성이 옅게 숨결을 뱉었다.

손안에 맴돌던 태극의 구슬이 팍, 터지는가 싶더니 한줄기 연기로 화했다.

스스스슥~

연기는 이내 소천예의 귀와 콧속으로 나뉘어 달려가더니 남김없이 스며들었다.

이때 무념의 상태에 들었던 소천예는 한순간 머리가 환하게 불이 밝혀지는 것 같았다. 깊은 어둠 중에 머물다 천지를 밝히는 태양을 보고 눈이 멀어버리는 것 같기도 했다.

쾅!

뭔가가 머리에서 폭발했다.

빛은 더욱 밝아졌다. 모든 세상이 새하얗게 변한 것이라고 생각했다.

그때였다.


"이제 어쩐다. 그냥 보내줄 수 없게 되었는걸."


한 사람이 고개를 삐딱하게 하고 뇌까렸다.

그자의 얼굴은 보이지 않았다. 단지 입이 보였고, 그 입은 웃고 있었다.

소천예는 의념의 밑바닥에 있었지만 그럼에도 알 것 같았다. 이자였다. 그러나 아무리 보려 해도 입 외에는 볼 수 없었다. 정녕 이해하기 힘들었다. 온 세상이 백색광망으로 충천하거늘 그자의 얼굴은 영원히 볼 수 없을 것만 같았다.

그러나 그것도 잠시!

강렬하게 비추던 빛이 옅어졌다. 이내 격류에 휩쓸려 내려가듯 머리 쪽에서 단전으로 향했다.

쏴아아악!

단전에서 응집된 빛이 전신으로 퍼져 나갔다. 전신혈맥이 그 빛으로 가득 차고, 평온한 듯 나른한 기분에 사로잡혔다. 그것은 그녀가 생애 처음이자, 어쩌면 마지막으로 맛보는 황홀함이었다.

"아!"

그녀는 자신도 모르게 옅게 신음을 발하고 눈을 떴다.

그녀는 알 수 없었지만 두 눈동자로 금광이 어른거리다 차츰 사그라졌다.

눈앞에는 무림맹주가 담담한 신색으로 바라보고 있었다.

"이제 되었네."

소천예는 머리에서 울렸던 음성을 떠올렸다.

간단한 말에 불과했지만 하나의 실마리가 될 수도 있었다.

그녀가 막 입을 열려고 할 때였다.

쏴아아아…….

바람이 스쳐 갔다.

그녀가 말했다.

"수고 많으셨습니다."

그녀는 머리에서 준비한 말이 사라졌다는 것을 알지 못했다.

"축하하네."

창천검성이 말했다.

소천예는 의문 어린 시선으로 바라봤다.

"네?"

섭혼술을 깨뜨렸다는 뜻일까? 하지만 그러기엔 맹주의 눈빛이 애매했다. 담백하던 눈빛은 어딘지 씁쓸함이 깃들어 있었다.

창천검성이 말했다.

"노부는 스스로도 갈 길이 멀다 생각하고 있었지만 더욱 겸허해야 한다는 것을 깨닫게 되는군. 소 교관에게 섭혼을 시전한 이는 내가 어찌할 수 있는 사람이 아니었네."

"죄송합니다."

창천검성이 너털웃음을 지었다.

"허허, 소 교관이 미안할 일은 아니지."

"제가 미흡하여 사악한 자에게 농락을 당하였기에……."

"사악한 기운은 없었네. 그나마 다행스러운 일이지."

소천예는 왜 자신에게 이런 일이 벌어졌는지 정녕 이해할 수 없었다. 항마원에서도 학유신군은 그가 정파의 고수일 것이라고 했지만 사실 그녀는 믿지 않았었다.

한데 무림맹주까지 또다시 같은 말을 하고 있으니 이젠 믿지 않으려야 않을 수 없었다. 그녀는 그것이 더욱더 혼란스러웠다. 정도제일의 고수랄 수 있는 무림맹주조차 부끄럽게 할 정도의 고수가 왜 한낱 교관에 불과한 자신의 기억을 지워야 했단 말인가.

"소 교관, 잠시 운기를 해보게."

소천예는 의문을 접어두고 말을 따랐다.

소천예는 이내 눈을 동그랗게 떴다.

'뭐지?'

전에 없던 강력한 내력이 용솟음치듯 혈도를 타고 맴돌았다. 언젠가 느낀 적이 있었다. 그녀가 처음 사부로부터 영단을 받아 복용한 후 내력이 증진되었던 바로 그 느낌이었다. 아니, 정확히는 그 이상이었다. 최소 이십 년의 내공이 늘어난 듯싶었다.

"제 몸에 무슨 일이 벌어진 건가요?"

"소 교관이 사악한 자라고 했던 이가 노부의 태극현공의 기운을 고스란히 소 교관에게 건네준 걸세. 그래도 사악한 자라고 할 수 있겠나?”

“아!”

“원래 노부는 태극현공의 기운으로 백회혈에 머물게 하여 섭혼을 깨뜨리려 했으나 이내 태극현공이 급격히 단전 쪽으로 이동하는 것을 알 수 있었네. 그것은 노부의 힘이 아니었지.”

소천예는 송구스러움을 금할 길이 없었다.

축하한다고 축하를 기쁘게 받을 처지가 아니지 않는가. 지그시 아랫입술을 깨물고 있으려니 어깨에 따스한 손길이 와 닿았다. 창천검성이었다.

“걱정하지 않아도 되네. 그분이 악한 의도가 없다는 것을 안 것만으로도 큰 소득인 게지. 이제 가봐도 좋네. 노부 또한 기다리는 이들이 있으니 그만 일어나야겠군.”

소천예는 마음이 평온해져 자신도 모르게 고개를 끄덕였다.

창천검성이 막 연공실을 나서려 할 때였다.

“잠깐만요!”

소천예가 부르는 소리에 창천검성이 돌아봤다.

소천예가 말했다.

“여긴 어디죠? 그리고 당신은 누구죠? 이곳은 항마원인가요?”

창천검성의 얼굴이 일그러졌다.


‘이해하기 힘들구나, 힘들어. 도대체 어떤 자이기에······.’

창천검성은 머리를 흔들었다.

소천예는 다시 기억의 한 부분을 잃고 말았다.

차근차근 설명해 주자, 도리어 놀란 눈이 되어 당혹을 금치 못했다. 그 모습을 보며 창천검성도 당혹할 수밖에 없었다.

도대체 누구일까? 소천예를 마주할 때만 해도 섭혼으로 지워진 기억을 알고 싶었지만 지금은 그것이 무엇이든 상관없다는 마음이 들었다.

지금은 오직 그 미지의 존재, 그에 대한 궁금증만이 가득할 따름이었다.

그는 생각하면 할수록 의문과 호기심이 끊이지 않았지만 이내 마음을 다잡고 별실로 걸음을 옮겼다.

그곳엔 자신을 기다리고 있는 이들이 있었다.

엄밀히 말하자면 그들은 자신이 아니라 단호한 용단을 기다리고 있다고 해야 옳았다.

광료를 잃은 소림, 황빙빙의 화산, 제갈혜미의 제갈세가, 담석청의 설산, 옥일평의 창룡문, 막겸의 송림문, 금이혁의 오유문, 왕효의 소요파!

흉수에 의해 누구는 자식을 잃고, 또 누구는 자식 같은 제자를 잃었다.

"후……."

절로 진한 한숨이 터졌다. 하지만 그들은 한숨이 아닌 눈물을 흘리고 있으리라. 그 눈물이 요구하는 것은 흉수 영호선의 목숨 하나로 그치지 않을 것이다.

정마대전!

얼마나 많은 피를 요구할지 모른다. 창천검성은 무림맹주의 직분이 그 분노를 가라앉히는 것임을 다시 한 번 마음속에 새기고 별실로 들었다.


긴 탁자에 각기 자리 잡은 아홉 명의 인사가 자리에서 일어났다.

그들의 얼굴은 어느 누구 하나 할 것 없이 딱딱하게 굳어 있었고, 공기는 납덩이처럼 무거웠다.

창천검성이 손을 저으며 말했다.

"다들 편히 앉으십시오."

"먼 길 오시느라 노고가 많으셨습니다. 이번 일로 상심이 크실진대 무엇으로 위로의 말씀을 드려야 할지 모르겠구려."

흔한 겸양의 말조차 되돌아오지 않았다.

불편한 침묵을 깨뜨린 건 무영각주 고염후였다.

“소 교관의 일은 어찌 되셨는지요?”

“아무것도 알아내지 못했네. 나로서도 짐작키 어려운 일이었다네. 하지만 정파의 숨은 선인인 듯하니 굳이 소 교관의 섭혼에 매달릴 필요는 없을 듯하군.”

창천검성은 몇 마디 부연 설명을 하고 섭혼에 관해서는 마무리를 지었다. 지금은 그보다 더 중요한 일이 있었다.

“강호의 역사를 되짚어볼 때 예로부터 정마대전의 시작은 작은 일이 순식간에 걷잡을 수 없이 커져 발생하였습니다. 모두들 힘드실 줄 알지만 지금은…….”

창천검성은 말을 이을 수 없었다.

쾅!

탁자가 요동쳤다.

“지금 작은 일이라 하였소!”

제갈세가의 가주 제갈공이었다.

수염을 파르르 떨고, 탁자를 내려친 주먹도 떨었다.

평상시의 그의 모습과는 거리가 멀어도 한참 멀었다.

그는 무림맹주이자 정도제일고수인 창천검성을 대할 때면 언제나 공손함을 잃지 않았다. 산술에 능하지만 사람을 마주함에 교묘함을 부리지 않았다. 그렇기에 지금 이 모습은 낯설면서도 그의 진심이란 것을 알 수 있었다.

“맹주께선 맹주의 자식을 잃고도 작은 일이라고 할 수 있겠소? 본인이 여기 온 목적은 맹주께서 작은 일이라고 했던 그 일을 토대로 마도를 멸하고자 함이오. 어설프게 경거망동 하지 말라는 말 따위는 하지 마시오."

소요파의 장문인 무극선인이 곧바로 제갈공의 말에 힘을 실어주었다.

"동감이외다. 균형이란 이름으로 마도를 방치한 결과가 오 늘날 참극을 불러온 것이니 이 기회에 마도를 쓸어버려야 하 오."

"아미타불, 진정하십시오. 무슨 일이든 선후가 있는 법이 아니겠소. 마도를 멸하는 일은 우선 흉수를 잡아들인 뒤 의논 해도 늦지 않을 것이라고 보오."

소림의 장로 법요가 말했다.

곧바로 화산의 장로 무진자도 나섰다.

"그렇습니다. 마도와의 전쟁은 단순히 산적을 토벌하는 일 과 비교할 수 없는 일입니다. 상상할 수 없는 희생을 보게 될 것입니다. 그때는 얼마나 많은 소중한 이들을 잃게 될지 생각 해야 합니다."

"제갈가주, 소요 장문인, 본인 또한 아들을 잃었소이다. 지 금도 내장이 녹아내릴 듯하나 당장 마도와의 일전을 논하기 엔 무리가 아니겠소."

창룡문의 문주 유협신검까지 나섰으나 제갈공은 분노를

감추지 않았다.

"본인은 마도는 물론이고, 형산의 장문인에게도 죄를 물어야 한다고 보오. 여러분들은 어찌하여 서둘러 봉합하려고만 하시오! 정녕 마도가 영호선을 통해 전하고자 하는 뜻을 이해하지 못하는 것이오? 아니면 단지 모른 척하려고 애를 쓰는 것이오?"

무영각주 고염후가 입을 열었다.

"모두가 저의 불찰입니다. 무림맹의 눈과 귀인 무영각의 수장으로서 본분을 다하지 못하였습니다. 영호선이 항마원에 입부하기 전에, 아니, 참극이 일어나기 전만이라도 잠마원에 머문 것을 알았다면 오늘 이 자리도 없었을 테지요."

순간 쓸쓸한 기운이 내실을 휘감았다.

무영각주는 최근 사랑하는 아내를 잃었다. 그것도 자살이라는 극단적인 방법이었다. 무영각주라는 자리는 일상의 생활 자체가 불가능할 정도의 수없이 많은 정보를 다루는 곳이다. 무영각주는 아내를 잃은 슬픔을 채 가누기도 전에 업무에 몰두할 수밖에 없었다. 그 누가 있어 그를 탓할 수 있을 것인가.

창천검성은 측은한 마음이 일어 입을 열었다.

"스스로를 너무 다그치지 말게."

그리고 좌중을 둘러보았다.

고결하고, 존엄한 기운이 이내 실내를 가득 메웠다.

모두의 시선이 창천검성을 향했다.

"이 자리에 계신 여러분들은 정도의 명숙이오. 그 누구보다 강한 힘을 지녔고, 강한 세력을 지니고 있소. 그것은 곧 책임져야 할 무게가 결코 가볍지 않다는 것을 뜻하는 것이오. 악행에 분노하는 것은 당연하나 그것이 과하면 결국은 우리 스스로 또 다른 악행의 일부가 되는 것을 피할 수 없게 될 것이오. 강호의 은원은 끝이 없어 오늘의 복수가 내일은 또 다른 복수를 잉태하는 것이 아니겠소. 그렇다고 하여 본인이 그저 두 눈을 뜬 채로 악행을 보고 있겠다는 것은 아니오. 그전에 일의 순서를 따라 하나둘 답을 찾아 복수는 복수대로, 마무리지어야 할 일은 더 많은 희생을 부르기 전에 해결하자는 것뿐이오. 제갈가주를 비롯한 모든 분들이 부디 본래의 혜안으로 살펴주길 바라겠소이다."

무거운 침묵이 흘렀다.

잠시 후, 제갈공이 천천히 자리에서 일어섰다.

"제가 무례했습니다. 맹주께선 너그러이 용서하십시오."

"아닙니다. 그 마음을 제가 어찌 모르겠습니까?"

"감사합니다. 그럼 이 자리에서 작별을 고할까 합니다."

어딘지 심상치 않은 기운에 창천검성의 낯빛이 무거워졌다.

제갈공이 말했다.

"제갈세가를 대표해 말씀드립니다. 오늘 이 시간부로 제갈가는 무림맹의 일원이 아님을 밝힙니다. 무림맹이 가문에 제약을 가한다면 기꺼이 제갈세가는 온 힘을 다해 맞서줄 것을 약속드립니다."

차분하지만 그래서 더욱더 결연함이 담긴 음성이었다.

모두가 놀란 눈으로 바라봤지만 제갈공은 누구의 눈길도 마주하지 않고 자리를 벗어났다.

제갈공은 곧바로 무림맹을 떠나지 않았다. 그는 직전에 무영각주로부터 한 장의 서찰을 받았다.

"고맙소."

"이 일은 비밀로 해주십시오."

제갈공과 무영각주는 한마디씩을 나누고 돌아섰다.

그리고 무림맹에서는 그 어느 누구도 제갈공이 비밀 서찰을 받은 것을 알지 못했다.

第五章
알 수 없는 글귀

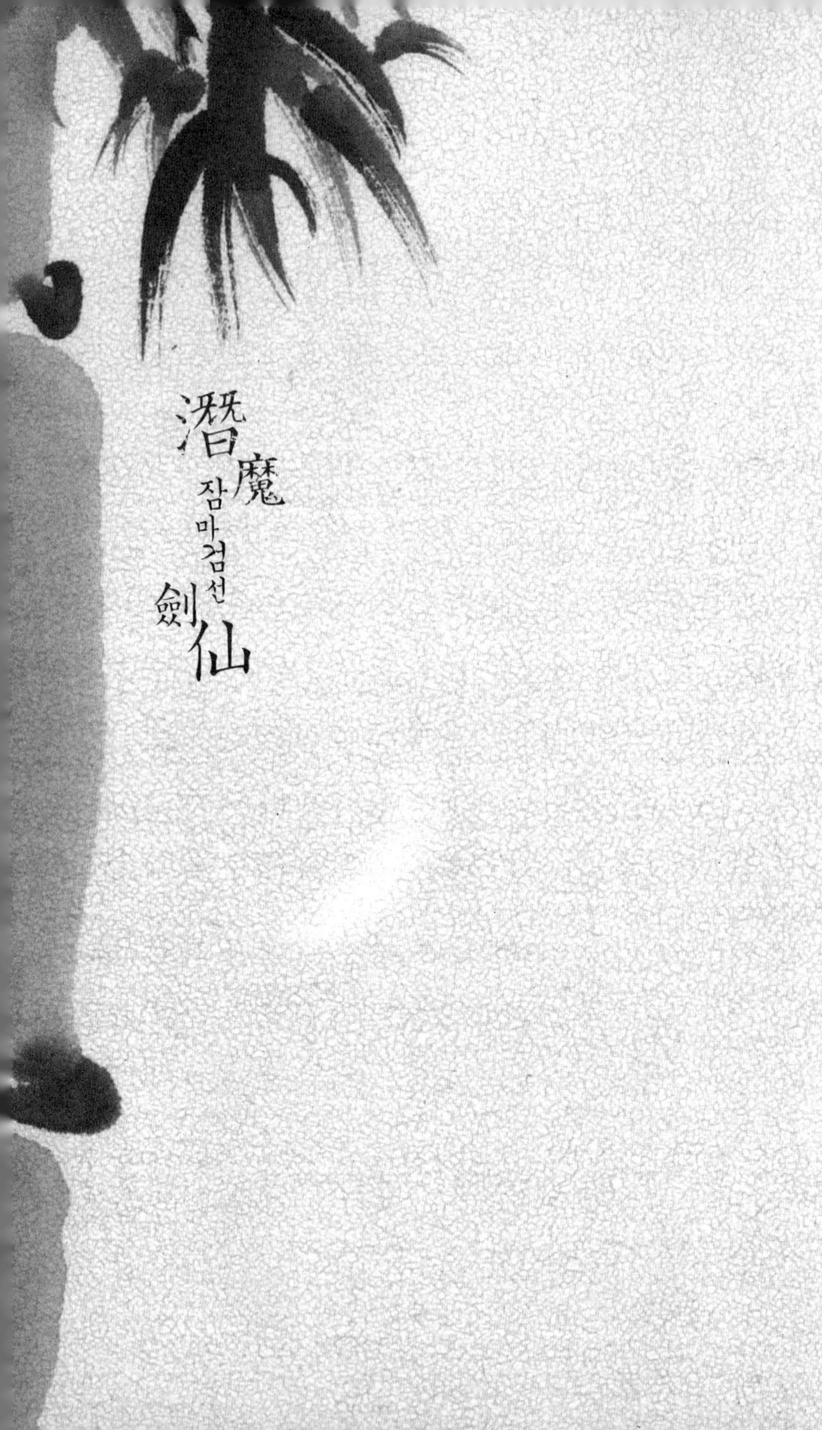

潛魔
劍仙
잠마검선

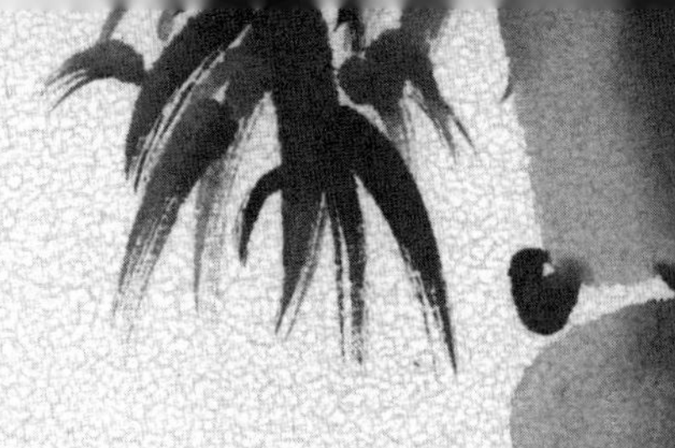

역용술을 익히기 시작한 지 보름!

처음 영호선은 잠마원에서 역용을 배운 사실을 떠올렸을 때만 해도 천군만마를 얻은 듯 기뻤다.

암기한 구결도 한 획 빠짐없이 기억났다.

아직까지 이름도 모르고 있는 여자 사부의 청부, 즉 유은령의 각성을 도우라는 말을 따른 것은 천만다행한 일이라고 생각했다.

당시 역용의 성취가 지지부진했던 원인에 대해 여자 사부는 내력이 미흡하고, 내력을 조화시키는 묘가 부족하다고 했다.

영호선은 길게 한숨을 내쉬었다.

"휴우! 어렵다… 어려워……."

그렇게도 간단해 보이던 역용술의 벽은 높기만 했다.

지금 영호선에게 잠마원 때의 난제는 난제도 아니었다. 지하 동부에서 용암어를 끼니때마다 복용하여 내력은 비약적으로 증진되었고, 천하제일의 신공이랄 수 있는 마운천봉공까지 익혔기 때문이었다.

문제는 역용술 자체였고, 연마하는 시간의 문제였다.

역용술은 가면을 뒤집어쓰는 것과는 차원이 달랐던 것이다. 제대로만 펼친다면 골격과 피부를 변화시키는 것은 물론이거니와 손톱, 눈동자의 색, 머리카락까지 바꿀 수 있었다. 하지만 그처럼 신묘한 만큼 작은 차이만으로도 역용이 풀리고 본래 모습으로 회귀했다. 이렇게 지지부진하다간 일 년여가 걸릴지도 모르는 일이었다.

과도한 시간은 곧 역용이 아무 의미가 없다는 것이나 다름없었다. 어떻게 하면 역용술을 빠른 시간 안에 익힐 수 있을까?

영호선은 가부좌를 튼 채로 다시금 구결을 따라 역용을 시전했다.

제일 먼저 머리카락을 길게 만들었다.

허리까지 흑발이 늘어졌다.

턱뼈를 조정해 가느다랗게 다듬었다.

광대뼈를 안쪽으로 집어넣었다.

눈썹은 그린 듯 섬세하게 줄이고, 눈을 크게 만들었다.

손가락을 가늘고 길게 해 여인의 섬섬옥수가 되게 했다.

손톱도 오므라들게 해 여인의 손톱 형상으로 변화시켰다.

가슴을 불룩하게 하고, 허리선을 가늘게 만들었다.

다음은 흑갈색을 마음에 심상화시켜 눈동자 색을 흑갈색으로 바꾸었다.

'아주 변태새끼 납셨구만. 혼자 가슴이라도 주무를 참이냐?'

잠마가 이기죽거렸다.

항마는 빙긋 웃었다.

'유은령 낭자로군요. 눈동자만 빼면 말이지요.'

'저 새낀 알다가도 모르겠어. 점점 이상해진다니까. 싫다 싫다 하면서 유은령이라니. 야, 이참에 아주 고추도 없애 버리지 그러냐?'

'하하하하……'

항마도 참을 수 없는지 웃음을 터뜨렸다.

영호선이 눈을 빠르게 깜박였다.

"정말 그것도 가능할 것 같은데?"

잠마가 버럭 소리를 질렀다.

‘이 새끼야, 대마도의 종사가 될 몸을 네놈이 감히 욕되게 해. 너 정말 그랬다간 콱 강간해 버릴 거야.’

‘허허… 그건 좀……’

항마의 얼굴이 핼쑥해졌다.

영호선도 인상을 찡그렸다.

“하여간 말하는 꼬라지하고는…….”

영호선은 다시 역용을 살펴봤다.

스스로 생각해도 완벽했다. 뼈의 구조와 피부조직까지 완벽히 변화한 것을 느낄 수 있었다. 하지만 문제는 이 상태를 유지하는 데 있었다.

역용한 모습을 유지함에 있어서는 내력으로 붙들고 있어야 했다. 그리고 지금 영호선은 내력을 한껏 끌어올린 상태였다. 마치 적을 앞에 두고 장력을 발출하기 직전 기를 한껏 끌어모은 것과 같았다.

이는 가히 치명적인 단점이었고, 역용을 정면으로 부정하는 꼴이었다. 마주할 사람들이 무공을 모르는 자들이라면 모를까, 고수들 앞에서 ‘나 지금 역용했습니다’ 라고 고백하는 것과 다를 바가 없는 것이다.

진정한 역용술의 묘를 이루기 위해서는 한 줌의 진기만으로 역용을 붙들 수 있어야 했다.

영호선은 천천히 내력을 가라앉혀 보았다.

조금씩, 조금씩.

나무가 하루 하루 보이지 않게 자라듯 영호선은 그와는 반대로 마음까지 속이며 내력을 줄여 나갔다.

그러자 머리카락이 일순간에 본래대로 돌아가고 가슴이 쑥 들어갔다. 그것을 시작으로 역용은 완전히 해제되어 유은령은 이내 사라져 버리고 말았다.

"휴, 역시 안 되는 건가……."

영호선의 한숨이 끝나기도 전에 잠마가 탄식을 터뜨렸다.

'에휴… 내가 잘못했다. 내가 잘못했어. 이놈의 입이 방정이지. 괜한 소리를 해가지고선. 야, 미련 그만 떨고 역용 따윈 집어쳐라. 지금 우리 실력이라면 누구도 두려워할 것이 없어. 항마원에서야 이것저것 신경 쓴다고 지랄하느라 그렇지. 북룡참마대든 무림맹주든 그냥 닥치는 대로 죽여 버리면 돼. 도대체 뭐가 아쉬워서 역용이냐.'

항마는 가만히 먼 산을 지그시 바라보고 있었다.

영호선은 머리를 감싸 쥐었다.

"으으윽……. 영호선아, 생각해. 떠올려, 넌 할 수 있어. 길이 있을 거야."

정녕 단시일 내에 역용술을 익히는 것은 무리란 말인가. 그렇다고 가면을 쓰고 다니거나 죽립을 뒤집어쓰고 다니는 것도 우스운 일이 아닌가. 앞으로 어떤 위험에 노출될지 모르는 일. 얼굴을 그대로 드러내 놓고 다니기엔 스스로 선택의 폭과 행동반경을 제약하는 일이었다.

영호선은 머리를 움켜쥔 채로 바닥을 데굴데굴 굴렀다.

잠마의 조롱이 바로 터졌다.

'지랄나셨네.'

그러나 항마는 달랐다.

'육체는… 하나의 한계인가!

데굴데굴 구르던 영호선이 동작을 멈췄다.

잠마의 조롱에 화가 나서가 아니었다.

"항마! 너 방금 뭐라고 했어?"

'마운천봉공의 심결을 떠올려 보십시오. 심체편(心體篇)입니다.'

"심체? 어, 그래……."

영호선은 대답을 하면서 이미 머릿속으로 심체편이 떠오르는 것을 느낄 수 있었다. 잠마도 '나' 이고, 항마도 '나' 인 까닭이었다.


…육체의 한계를 받아들인다는 것은 스스로 육체를 '나' 라고 인식하는데서 시작된다. 그것은 속박! 내가 나의 힘을 어거하는 것이며 한계를 내가 부여하는 것일 뿐이다. 육체에서 자유를 찾는가? 그건 마치 도저히 발견할 수 없는, 애초에 존

재하지 않는 것을 찾으려는 노력과 같다.

영호선은 하나의 실마리가 잡히는 것 같았다. 그 실마리를 따라 다음 심결을 떠올렸다.

정녕 마음은 육체에 단단히 갇혀 있는가? 육체에 의해 보호되는 존재인가? 모두 아니다. 마음은 '나'를 온전히 에워싸고 있다. 마음의 바깥에는 그 무엇도 존재하지 않는다. 마음! 오직 그것만이 진실이다.

어느새 영호선은 가부좌를 틀고 앉았다.
의식은 이내 깊은 곳으로 내려갔다.
심결은 계속해서 떠올라 마치 살아 있는 듯 의식의 아래에서 꿈틀거렸다.
이 순간만큼은 잠마와 항마도 없었다.

육체는 마음의 영원한 속성인 보편적인 교감을 위한 다리와 같은 것. 내가 '나'를 육체 안에 있는 것으로 보지 않을 때, 비로소 자유로워질 수 있다. 육체는 오직 '나'의 목적에 봉사할 수 있을 뿐. 육체는 내가 보고자 하는 마음의 뜻을 따라 보는 바대로 그저 그렇게 보일 뿐이다.

실처럼 가느다랗던 깨달음이 점점 거대하게 부풀었다.

알 것 같았다.

왜 본래의 모습으로 자꾸만 회귀할 수밖에 없었는지.

왜 그 모습을 붙드는 데 많은 힘을 소모할 수밖에 없었는지.


육체를 초월한다는 것은 한계를 초월한다는 것. ‘나’는 육체가 아니니 비로소 ‘나’는 자유롭다.


영호선의 머리 위로 하얀 김이 모락모락 피어났다. 그 속에서 영호선은 오로지 공허함 속에서 ‘나’를 잊은 채 깨달음 속을 유영했다.


얼마나 시간이 지난 것일까?

영호선은 살며시 눈을 떴다.

눈이 부셨다. 아침 햇살이었다.

양쪽 입술 끝을 올리며 미소를 지었다.

‘할 수 있어.’

역용의 묘를 이루는데 가장 큰 방해는 현재 모습이 진정한 ‘나’라고 느끼는 데 있었다.

몸은 원래대로의 모습으로 돌아가길 바랐고, 또 그 이전에

그 몸을 통제하는 마음이 원래의 형상을 본신의 '나'로 인지
하여 회귀하려는 성질이 있었기 때문이었다.

그러나 마운천봉공의 심결을 통해 의식의 근본을 알게 되
자, 역용의 진의에 비로소 도달한 것이다.

영호선은 즉시 여러 형태의 얼굴로 역용해 보았다.

노인, 노파, 중년의 추한 몰골, 다시 여인의 모습까지!

어느 것 하나 막힘없이 자연스럽게 역용을 이룰 수 있었다.
무엇보다도 미미한 진기만으로 그러한 역용을 유지하는데 무
리가 없었다. 게다가 온몸이 쾌청한 것이 무공 또한 진일보한
것 같았다.

그러다 문득 잠마와 항마가 떠올랐다.

투정하는 소리도, 점잖 빼고 진중하기만 한 목소리도 들리
지 않았다.

"오호, 놈들마저 사라진 건가 보구나. 이거야말로 일석이
조로구나. 하하하하……."

두 놈이 있어 심심하진 않았지만 이제 더 이상 슬픔에 몸을
맡긴 채 허우적거리지 않게 되었다. 들끓던 분노도 차분히 가
라앉아 바닥에 굳건히 자리 잡았다. 관조할 수 있게 된 마당
에 두 놈이 주변에 얼쩡거리는 건 정신만 사나울 따름이었다.

게다가 두 놈의 존재 자체는 스스로 정신상태가 정상이 아
니라는 것을 입증하는 것이나 다름없었기에 영호선은 통쾌한

웃음을 터뜨린 것이다.

그때였다.

'야, 저 새끼 왜 웃고 있는 거냐?'

'아마도 착각을 하고 있는 모양입니다.'

거짓말처럼 눈앞에 잠마와 항마가 나타났다.

영호선은 와락 인상을 구기고, 아랫입술을 깨물었다.

"이 씨……."

두 놈이 또 보였다. 도대체 저것들은 언제쯤 사라지려나. 만약 계속해서 눈에 어른거린다면 모든 것이 정리된 후, 독안마의를 몰래 찾아가 뇌를 열어봐 달라고 하거나, 미친 사부에게 머리를 한 대 후려갈겨 달라고 해야 할 판이었다.

"아직… 안 갔나?"

'쯧쯧쯧……. 미친 새끼. 뭐라고 그러는 거야.'

잠마가 혀를 찼다.

영호선은 세상만사 귀찮다는 듯 손을 저었다.

됐다, 됐어. 그래, 뭐 같이 다니지 뭐. 그럼에도 괜히 성질이 나려는 것은 어쩔 수 없었다. 확 패버릴 수 있다면 얼마나 좋을까!

'날 패시겠다? 오냐, 이 새끼 그래 오늘 한판 뜨자.'

잠마가 껑충껑충 뛰며 주먹을 휘둘렀다.

영호선이 버럭 소리를 질렀다.

"그만 좀 해, 이 자식아!"

'어쿠야, 무섭네, 무서워… 흐흐, 야! 너 쫄았지? 그런 거냐? 이런 병신 새끼!'

영호선은 더 이상 상대해 봤자, 뇌만 손상되는 것 같아 바로 무시했다. 이제 본격적으로 역용을 해야 할 때였다.

'흠, 어떤 모습이 좋을까……'

'정 역용을 하시겠다면 평범할수록 좋다고 생각합니다.'

이도 저도 하나인지라 마음에 고민이 떠오른 순간 항마가 말해왔다. 그동안 항마는 줄기차게 무림맹으로 찾아가 직접 해명해야 한다는 주의였는데 생각이 조금은 바뀐 모양이었다.

잠마도 의견을 냈다.

'뭘 고민하나! 현재 모습과는 전혀 다른 모습이면 되는걸. 아무도 영호선이라고는 눈곱만큼도 생각할 수 없는 그런 모습이 최고지.'

영호선이 턱을 어루만지며 고개를 끄덕였다.

'그럼 노인? 노파? 어린아이?'

'다 싫어!'

잠마가 입술을 쭉 내밀고 고개를 저었다.

이 모습, 저 모습을 연거푸 떠올리던 영호선은 한줄기 섬광이 머리를 스치고 지나가자 무릎을 탁 쳤다.

'그래, 바로 그거야!'

생각이 떠오르기 무섭게 영호선은 역용을 시전했다.

스스스…….

서서히 영호선의 모습이 변해갔다.

잠마가 경악하듯 외쳤다. 아직 변하기도 전이었다.

'너, 너! 이 새끼 그건 말도 안 돼! 너 정말 그것 하면 가만 안 둬. 죽여 버릴 거야.'

영호선은 잠마가 뭐라고 떠들던 역용을 계속해서 펼쳤다. 깊이 의식을 집중하자 버럭거리는 잠마의 목소리가 점점 희미하게 들렸다.

이윽고 영호선은 완전히 사라졌다.

대신 전혀 다른, 도저히 영호선이라고 생각할 수 없는 존재가 나타났다.

영호선은 몸 여기 저기를 살피고, 얼굴도 매만졌다.

'오호 제대론데? 흐흐…….'

영호선은 흐뭇한 반면 잠마는 입에 거품을 물고 날뛰었다.

'와우, 너 정말 죽여 버릴 거야. 마도의 지존이 될 몸을 모욕하는 것도 유분수지, 이 망할 새끼. 내가 널 쳐죽이지 않으면 영호선이 아니다.'

영호선이 항마를 향해 물었다.

"어떠냐?"

항마가 옅게 미소를 띠었다.

‘전혀 달라 보이긴 하군요. 그 누구도 알아보지 못한다는 점에서는 꽤 성공적인 역용같습니다만…….’

“만?”

‘…이상하긴 하군요. 죄송합니다.’

“괜찮아, 괜찮아. 역용을 하려면 이 정도는 해야지. 세상 누가 이런 모습으로 역용할 생각을 하겠어. 의심 자체를 날려버리는 것이 제일인 거니까.”

잠마는 검을 빼 들고 스스로의 목을 긋고 있었다.

‘나 말리지마. 차라리 내가 죽어버릴 테다. 크허헉!’

영호선으로서도 제발 좀 그래 줘, 라는 마음이었지만 잠마가 백날 그어봐야 소용없는 짓이었다. 그럼에도 잠마는 심장에 칼을 박고, 목을 뚫고 해댔다.

영호선이 몸을 일으켰다.

그때 항마가 영호선의 어깨를 잡았다.

‘아직입니다.’

“응?”

‘유은령님의 이모님께서 역용을 가르치실 때 가장 중요하다고 했던 부분을 상기하십시오.’

영호선이 짧게 ‘아!’ 하고 탄성을 터뜨렸다.

“그걸 잊을 뻔했네. 고맙다, 고마워.”

영호선은 항마의 충고대로 다시금 역용을 처음부터 다시
했다. 결과적으로는 방금 전의 모습 그대로였지만 그 안에 작
은 안배를 담았다.

이제 움직일 모든 준비가 끝났다.

남은 건 목적지였다.

고민은 두 가지였다.

하나는 잠마원으로 가서 사부에게 도움을 구하느냐였고,
다른 하나는 서안에서 부모님의 그늘 속에서 장차 길을 모색
하느냐였다.

'십 년의 기한은 아직 남았거늘 정녕 서안으로 가시려는
것인지요?'

"그건 알고 있어."

항마의 말에 영호선이 짧게 답했다.

'어머니께서는 기뻐하지 않으실 겁니다. 아마 얼굴조차 뵙
지 못할 것입니다.'

"아마 그렇게 되고 말겠지? 역시 무리려나."

'소인은 여전히 무림맹으로 가시는 것이 옳다 생각합니다
만 정 뜻이 그러시다면 곧장 잠마원으로 가시는 것이 좋겠습
니다.'

"그래, 그게 좋겠어."

영호선은 역용한 몸에 검을 허리에 두르는 것은 어울리지

않은 것 같아 등 뒤로 가로질러 맸다.

"자, 그럼 가볼까나."

영호선이 밖으로 신형을 날렸다.

비쾌한 신법!

햇살 아래 전혀 다른 모습이 노골적으로 드러났다.

수더분한 인상의 중년 여인!

제법 살집이 오른 몸매!

정돈하다 만 듯한 어설픈 물결 머리!

풍만한 젖가슴!

양쪽 볼의 주근깨!

살짝 들린 코!

눈 바로 밑의 옅은 기미!

그야말로 전형적인 중년 여인이었다.

족히 다섯 아이는 딸렸을 법한.

영호선이 신형을 날리자, 항마가 뒤를 따랐다.

잠마는 마구 검을 들어 자결하다 크게 소리쳤다.

'야, 너 정말 그러기야. 인마, 일단 옷이나 좀 어떻게 해
봐!'


스스슥…….

영호선은 험한 산을 관통하며 서쪽으로 향했다.

여양을 거쳐 남소를 지난 뒤, 섬서성을 넘었다. 잠마원이 있는 감숙까지는 섬서를 가로질러야 했다. 하남의 경계를 넘어 섬서땅을 밟게 되자, '서안'이 떠올랐다. 하지만 이내 고개를 저었다.

'역시 지금은 좋은 시기가 아니야. 괜히 폐를 끼치는 것이 될 거야.'

현재 상태에서는 사부를 제외하고는 누구도 끌어들이면 곤란했다.

'아직은 아니야.'

영호선은 산과 산을 타고 넘어 관도를 피했고, 마을이 나타나도 철저히 외곽을 타고 이동했다.

섬서를 가로지른 지 이틀이 지나 먼발치로 아스라이 화산의 절경이 눈에 들어왔다. 절로 조심스러운 마음이 피어났다. 그러나 다른 한편으로 이제 세상에서 다시는 볼 수 없는 화산파 제자 황빙빙의 얼굴이 떠올라 마음이 울적해졌다.

'조금만 기다려 줘. 반드시 피값을 치르게 할게.'

한줄기 의념을 화산을 향해 던진 후, 영호선은 다시 신형을 날렸다.

스스스슥…….


얼마나 내달렸을까.

사람의 그림자조차 볼 수 없는 숲을 관통하던 영호선은 자꾸만 신경을 건드리는 감각에 신형을 멈췄다.

주위의 기척에 정신을 집중했다.

잠마와 항마도 이상을 느꼈는지 주변을 둘러보고 있었다.

사방은 나무들로 가득했다. 울창하게 솟은 나뭇잎들 때문에 햇빛은 작은 틈새로 잘게 부서져 내릴 뿐이었다.

쏴아아아…….

한줄기 바람이 스쳐 지나며 주변에 가득한 나뭇잎이 흔들렸다. 산새의 지저귐과 부근에 계곡이 있는지 졸졸졸, 물이 흐르는 소리가 들렸다. 살기나 인기척은 어디에도 없었다.

'쓸데없이 예민해진 건가……….'

영호선이 고개를 갸웃했다.

잠마와 항마도 따라서 고개를 갸웃했다.

'이상해! 뭔가 있는데… 잡히질 않네.'

'혹시 미행이 붙은 것일지도 모르겠습니다.'

그건 아니야. 영호선은 바로 부정했다. 누군가 있다면 미행이라기보단 원래 이곳에 머물고 있는 자라고 해야 옳았다.

'제길, 걸리적거리는군.'

영호선은 속도를 높이지 않은 채로 신형을 날렸다.

그렇다곤 해도 이동 속도 자체가 느린 것은 아니었다.

─가…….

영호선은 흠칫하며 멈췄다. 이제 느낌만이 아니었다. 머릿속을 울리며 한 소리가 분명히 떠올랐다.

'너희냐?

혹시 몰라 잠마와 항마를 향해 염(念)으로 물었다.

'아니.'

'아닙니다.'

여느 때와 다르게 잠마의 목소리도 긴장이 감돌았다.

영호선은 내력을 끌어올리며 천천히 걸음을 옮겼다.

신경을 거슬리는 느낌이 강해졌다.


─가… 족…….


'가족? 뭐야 대체!'

"천리전성인가?"

'아닌 듯합니다.'

'설마 사부?'

잠마가 사부를 떠올린 것도 이해가 되었다.

천리전성은 그 수법이 고절함에도 분명한 한 가지는 소리라는 점이었다. 하지만 지금 머리로 떠오른 것은 소리가 아니라 글귀에 가까웠다. 뇌리에 각인하는 것도 아니었다. 그저 스치고 지나갔다.

　영호선은 이런 비슷한 경험을 한 적이 있었다. 바로 항마원에서 잠자리에서 일어났을 때 글귀가 눈앞에 두둥실 떠다녔던 것으로 사부가 남긴 전언이었다.

　하지만 엄밀히 따졌을 때 지금의 현상은 사부님의 방법이 아니었다. 부정확한 의미 전달이지만 그렇다고 하찮은 수법이라고 볼 수도 없는 노릇이었다.

　'도대체 어떤 새끼인지 무지 얄팍하군. 쥐새끼마냥 숨지 말고 나와라!'

　잠마가 숲이 울릴 정도로 쩌렁거리며 외쳤다. 물론 영호선만 들을 수 있는 소리였다.

　'소인의 생각으론 일단 이곳을 벗어나야 할 것 같습니다.'

　항마의 말이 옳았다. 누군지는 알 수 없지만 만에 하나 사부에 근접하는 적이라면 감당할 수 없는 노릇이었다.

　'일단 튀고 보자.'

　영호선이 막 신형을 날리려 할 때였다.


　─오라…….

　─구하고…….

말이 많아지고 있다. 누구인지는 알 수 없으나 할 말이 있는 건 분명했다. 그렇다면 들어주는 것이 인지상정!

영호선이 목소리를 높였다.

"고인이 계신 듯한데 모습을 드러내는 것이 어떠신지요?"

돌아온 것은 무성한 숲과 나무들의 잔잔한 움직임, 잎사귀에 가려진 햇빛이 그 틈새를 뚫고 나오려 애쓰다 산산이 부서지는 잔해뿐이었다.


─잠마…….


'잠마?

영호선이 흘깃 잠마를 쳐다봤다.

잠마가 어깨를 으쓱하며 '내가 뭘?' 이라고 중얼거렸다.

항마가 말했다.

'예상 외로 마도련인지도 모르겠습니다.'

이때 영호선도 보운장에서 받았던 쪽지를 떠올리고 있었다.


영호선! 축시 초, 북쪽 관제묘 앞으로. 보고 싶군.

잠마.


"마도련의 고수더냐!"

달리 생각할 수가 없었다. 어떤 수작을 부렸는지는 알 수 없었지만 마도련에서는 정확히 보운장을 찾아왔었다. 무림맹의 추격만 생각했지, 마도련을 생각하지 못한 것이다.

이번에도 돌아온 답은 없었다.

생각이 마도련에 미치자, 영호선은 불안이 스멀거리며 피어나는 것을 느꼈다.

제일 먼저 머리로 파고든 '가족'이라는 글귀 때문이었다.

가족과 잠마라는 상반된 존재 의미가 두 번째 참극은 서안의 가족이라고 말하는 것 같았다.

"무슨 수작이냐! 어서 모습을 드러내라."

쏴아아아…….

그저 바람만 스치고 지나갔다.

그렇게 한동안 미동조차 없이 기다렸다.

하지만 기묘한 고요함만이 자리할 뿐이었다.

'아무래도 이건 망상 같다. 너 인마 정상이 아니잖아. 인정할 건 인정하자고. 집안 식구가 머무는 서안이 멀지 않고, 그보다 지척에 화산이 있으니까 그냥 쫄아버린 거야. 돌아버렸는데 거기에서 조금 더 돌아버린 거지.'

영호선이 아랫입술을 깨물고 잠마를 노려봤다.

'맞잖아. 내가 틀린 말 했냐?

화를 내야 했지만 영호선은 일정 부분 납득하고 말았다.

　세상 그 누구도 볼 수 없는 놈들과 버젓이 대화를 나누고 있는 자신이 아니던가. 차라리 그런 것이라면 다행이겠다 싶은 마음이 들었다.


　또르르르…….

　나무에 박힌 대롱에서 가느다란 물줄기가 물통으로 떨어져 내리고 있었다. 그 곁에 두 사람이 물통을 받쳐 들고 있었다.

　"이놈아, 잘 잡아야지."

　"어이쿠, 죄송해요, 아버지."

　"한 방울이라도 아껴야지. 이게 다 돈인데."

　"흐흐, 그럼요."

　아버지로 보이는 이는 사십대 후반 정도였고, 아들은 이십대 초반이었다. 이들은 전문적으로 수액을 채취해 먹고사는지 곁에는 두세 개의 물통이 놓여 있었다.

　"어? 아버지, 저기 좀 보세요."

　갑작스런 아들의 말에 아버지가 고개를 들었다.

　통통한 몸매의 삼십대 중반이나 후반쯤으로 보이는 여인이었다. 얼굴은 수더분하고, 머리는 대충 정리하다 만 것 같았다. 양 볼의 주근깨가 묘하게 정감이 가는 포근한 인상이었다. 어쩌면 그것은 여인의 풍만한 몸매 때문이 아닌가 싶기도 했다.

“큭, 저건 또 뭐냐?”

“모르세요? 검객이잖아요. 큭큭큭……”

아버지와 아들은 지나는 나그네, 그것도 평범해 보이는 중년 여인이 등에 검을 매고 사뿐사뿐 걷는 것을 보며 웃음을 참을 수 없었다. 예의가 아닌 줄 알기에 손으로 입을 틀어막았지만 어쩔 수 없이 크큭대는 소리가 빠져나왔다.

“그럼 주부 검객? 흐흐……”

“빨래하다 말고 막 튀어나온 것 같네요. 밥할 시간 되면 서둘러 귀가할 태센데요?”

“푸푸푸, 그나저나 애는 잘 낳겠다. 아주 튼실하네.”

“어이쿠, 동생 낳아주시려구요? 제가 말이나 한번 걸어볼까요?”

“됐다, 이놈아.”

“하늘에 계신 어머니도 이해하실 거예요. 혼자 되신 지 벌써 팔 년째잖아요.”

“욘석아, 칼 차고 다니는 여자 따윈 관심없다. 부부싸움이라도 할 것 같으면 칼부터 빼 들 것 아니냐. 어휴, 무섭다, 무서워. 이 나이에 여자한테 맞고 살고 싶진 않아.”

“그렇지 않아요. 요즘은 개나 소나 다 검객이라니까요.”

“세상이 어쩌다 이 꼴이 되었는지. 쯧쯧……”

“저 아주머니도 어디서 이상한 소리를 듣고 돌아다니는 모양인데, 길가다 객사하기 딱 이네요. 아버지, 그러지 말고 사람 하나 살린다는 생각으로 말이나 걸어봐요."

"어허, 이놈이 이제 아비를 놀려먹는데 재미를 붙였나. 오냐, 오냐 말을 받아주니 못하는 소리가 없어. 이놈아, 정신차리고 물통이나 흔들리지 않게 잡어."

주부 검객!

한순간에 영호선은 희한한 별호를 얻고 말았다.

하지만 영호선은 아무것도 듣지 못한 것처럼 부자(父子)를 지나쳤다.

'와우, 내가 이럴 줄 알았다. 들었냐? 주부 검객이란다, 주부 검객. 밥하다가 튀어나오고, 빨래하다가 칼 들고 튀어나왔다잖아. 귓구멍이 있으니까 네놈도 들었을 거 아냐. 제발 부탁이다. 역용 좀 고치자. 내가 앞으로 아부지라고 부를게. 응? 이 새끼야, 말 좀 해봐.'

잠마가 발악하다 안되겠다 싶은지 사정조로 말했다.

숲 속에서 도저히 이해할 수 없는 글귀를 떠올린 후, 영호선은 조심스럽게 산을 타던 중이었다. 그렇게 일식경 정도 지났을 무렵, 처음으로 사람을 보게 된 것이다.

워낙 깊은 산중인지라 혹시나 하는 마음에 긴장했으나 이내 그들이 어떤 기파도 갈무리하지 않고 있다는 것과 수액을 채취하는 평범한 사람임을 확인하고 그 곁을 지나게 된 것이었다.

영호선은 잠마가 지랄을 하든 말든 그저 빙그레 웃을 뿐이었다. 우연히 만난 두 사람의 이야기를 들으니 제대로 역용을 했다 싶었다.

'싫거든. 네놈이 꺼져.'

'이 새끼야, 역용을 고치지 않으려면 저 두 놈의 눈깔을 뽑고, 혓바닥이라도 잘라!'

잠마가 떠들수록 영호선은 엉덩이를 더욱더 살랑살랑 흔들며 걸었다.

그렇게 이십여 장 정도 지나쳤을 때였다.

"아버지, 근데 저 여자 말이에요."

"또 주부 검객 이야기냐?"

"아니, 아니 그게 아니고요. 얼마 전에 저기 위쪽에 나무들에 자국이 많이 남았잖아요. 전 혹시 저 아줌마가 칼 쓰는 법을 익힌다고 남긴 것이 아닐까 해서요."

"으응? 아닐걸. 저 아주머니가 가진 칼은 장검이잖냐. 연습을 한다고 해도 제법 난도질이 되었겠지. 우리가 본 건 송곳으로 긁은 것 같았으니까."

"하긴 그렇네요. 그럼 도대체 어떤 놈들일까요? 멀쩡한 나무를 여기저기 긁어놓기나 하고. 대자연의 소중함도 모르는 놈들이라니까요."

아들은 흘깃 저 멀리 멀어져 가는 여인을 보며 말했다.

아버지도 아들을 따라 시선을 준 뒤, 아들의 머리를 장난하듯 콩, 하고 때렸다.

"인마, 그게 우리가 할 소리냐? 우린 구멍 내고 있잖아. 그래도 항상 나무에게 감사하는 마음이라도 잊으면 안 된다."

"흐흐, 물론이죠. 아버진 언제나……. 헉! 뭐야?"

아들이 말을 끝맺지 못하고 경악성을 터뜨렸다.

실컷 농담을 일삼은 주부 검객이 눈앞에 나타난 것이다.

아버지도 놀라 입을 쩍 벌렸다.

두 사람은 분명히 방금 전까지 여인의 멀어져 가는 뒷모습을 보았었다. 흐릿하게 엉덩이를 실룩이는 것만 볼 수 있었는데 어느새 면전에 서 있으니 귀신이 곡할 노릇이었다.

이것이 말로만 듣던 무림인인가 싶어 두 사람은 즉시 무릎을 꿇고 빌기 시작했다.

"죄송합니다. 용서하십시오. 놀리려고 놀린 것이 아니라 너무 해괴하고 웃겨서… 아니, 아니 그게 아니고… 아이고야 목숨만 살려주세요……."

"잘못했습니다. 제가 입이 방정이라. 주부 검객님, 아니, 천하절색의 여협님 부디 너그러이 용서해 주십시오."

영호선이 말했다.

"두 분은 일어나세요. 저는 단지 묻고 싶은 것이 있어서 두 분 앞에 나선 거예요."

역용으로 목소리까지 바꾼 터라 약간 쉰 듯한 중년 여인의 음성이었다.

"살려주시는 건가요?"

"죽일 생각도 없었는 걸요."

"묻고 싶으시다는 것은……."

"나무에 자국이 남겨졌다고 하셨는데 어디쯤인가요?"

"그것이라면 천하절색의 미녀 여협님께서 내려온 방향 쪽의 나무들이지요. 이곳에서 저희 같은 산사람의 걸음이라면 한 시진 정도 걸릴 것입니다. 한두 그루가 아니라 여러 그루였습니다. 동물의 짓은 아닌 듯하여……."

"말씀 고맙습니다."

영호선은 굳이 더 들을 필요가 없었다.

"아니 별말씀을요. 저희를 살려주신 것만으로도 천하제일의 미녀 여협님께 그저 감사드릴 뿐이지요."

부자가 고개를 숙여 절한 뒤, 여협을 바라봤다.

"헉!"

여협님은 어디에도 모습을 찾을 수 없었다.

"아버지… 뭔가요? 무서워요."

부자는 서로의 얼굴을 바라보다 침을 꼴깍 삼키는 것을 신호로 물통이고 뭐고 다 젖혀두고 미친 듯이 비명을 내지르며 산을 내려갔다.

"아아아아악!"

"귀신이다~"


영호선은 한달음에 걸어온 길을 되돌아갔다.

'틀림없어… 애초에 누가 있었던 것이 아니야.'

천리전성의 수법도 아니고, 그렇다고 그보다 더 높은 혜광심어 같은 것도 아니었다. 자꾸만 글귀일 것이라는 생각이 떠오른 이유가 있었다. 농담을 나눈 부자가 고마울 따름이었다. 그들이 아니었다면 뭔가 소중한 것을 그저 스치고 말았을 것이다.

채 몇 그루의 나무를 훑어보기도 전에 영호선은 흔적을 찾아냈다.

나무를 긁고 지나간 흔적은 글귀가 아니었다.

어린아이가 쇳조각으로 아무렇게나 낙서를 한 형태였다.

그러나 영호선은 그 의미를 알 수 있었다.

이를 악물었다.

잠마도 분노했다.

'이 개새끼들!'

항마도 동요를 감추지 못하고 숨을 몰아쉬었다.

나무에 남겨진 것은 암호문이었다. 그것을 영호선은 항마원에서 배운 바 있었다.

　내용은 간단했다.


　잠마여, 가족을 구하고자 한다면 화산으로 오라.


　가족, 오라, 구하고, 잠마 등의 글귀가 완벽한 모습으로 두 눈 가득 들어왔다.

　신형을 펼쳐 빠르게 이동하는 중에도 의식의 일부는 주변을 면밀히 탐지하게 둔 탓에 의식의 그물에 암호문구가 단절된 채로 들어온 것이었다.

　주변의 나무들을 보니 꽤 넓게 동일한 문구가 미세하게 남겨져 있었다.

　화산의 의도는 명백했다.

　서안으로 향하든 바로 마도련으로 향하든 서쪽 길을 예상했으리라. 북룡참마대에게 쫓길 때 서쪽을 향하고 있었으니 그러한 추측을 한 것도 무리가 아닐 터였다.

　영호선이 주먹을 움켜쥐고 부르르 몸을 떨었다.

　"이 비열한 놈들!"

第六章

潛魔
잠마검선
劍仙

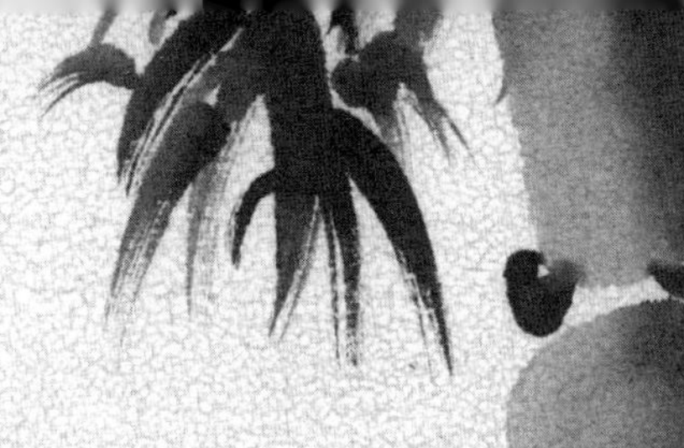

"비열하다고 생각할까?"

어둠이 짙게 내려앉은 화산의 밤.

달빛만이 구름 사이로 간간이 고개를 내민 화산의 중턱에서 나직한 음성이 흘러나왔다.

사십대 중반 정도의 사내 목소리였다.

바로 다른 목소리가 뒤를 이었다.

"글쎄… 하지만 내 바람이라면 부디 비열하다고 생각해 주었으면 싶군."

"하긴. 가족조차 안중에 없는 놈이라면 빙빙의 복수는 더욱 길어질 테니까.”

“그러고 보니 벌써 한 달 가까이 되는군.”

“이런 생각을 하면 안 되지만 놈은 오지 않을 듯하이.”

“그러면 빙빙은 어떻게 하나?”

“그 아이가 세상을 떠났다는 게 믿어지지 않네.”

“휴우, 형산에서 그런 패륜아가 나올 줄이야.”

“그날… 빙빙을 처음 만나게 된 날 기억나나?”

“어찌 그날을 잊을 수 있겠나. 밤새 내린 눈으로 온 천지가 새하얀 눈꽃을 피웠던 날이었지. 바구니 속 이불 포대에 감싸인 채 울음을 터뜨리던 빙빙의 모습이 아직도 생생하기만 하네.”

“그래, 빙빙은 하늘이 화산에 내린 선물이었지. 장문인께서 빙빙을 제자로 거두신다고 했을 때, 사실 수양딸로 삼은 것과 다를 바 없다는 것을 모르는 사람도 없었고.”

“영호선……. 너는 어찌하여 그리 잔악할 수 있느냐. 화산의 딸, 그 가엾은 아이를…….”

스슥…….

인기척이었다.

밤바람이 풀잎을 스치는 소리와는 명확히 구분되는 소리였다.

이내 두 사내의 대화가 멎음과 동시에 누가 먼저랄 것도 없이 빠르게 소리를 쫓았다.

그러나 이내 두 사람은 허탈한 표정이 되고 말았다.

"흠, 족제비였군."

"혹시나 했더니만……."

두 사람 앞에 족제비는 뒷다리에 피를 흘리며 부자연스럽게 숲을 이동하고 있었다. 일반적으로 바람을 맞은 수풀과 동물의 움직임이 내는 소리는 바람의 결을 해치지 않고 동화되게 마련인데 이질적인 소리를 냈던 것은 족제비가 부상을 당했기 때문이었던 것이다.

두 사람이 신형을 돌려 본래 자리로 돌아갔다.


*　　　*　　　*


'이 망할 놈아, 그냥 보내면 어쩌자는 거냐!'

잠마가 버럭 고함을 내질렀다.

'족제비님, 부디 용서하십시오. 진심으로 죄송합니다.'

항마는 다리를 절룩거리는 족제비를 향해 용서를 구하고 있었다.

영호선은 입술을 깨물었다.

'아… 황빙빙이…….'

영호선은 어둠이 내려앉자 화산에 올랐다.

처음 암호를 해독했을 때의 감정은 폭주 그 자체였지만 차츰 화산이 가까이 다가오자 이성을 되찾았다.

우선 해야 할 일은 화산의 상황을 파악하는 일이었다.

매복한 두 명의 화산고수를 찾은 건 어렵지 않았다. 그러다 나직이 울리는 두 사람의 대화에 귀를 기울였고, 황빙빙의 어릴 적 이야기를 들을 수 있었다.

그러다 추운 겨울날 화산에 의해 거둬졌다는 말을 듣게 되자, 감정이 복받쳐 그만 은신이 풀리고 말았다.

가까스로 임기응변을 발휘해 족제비로 이목을 가리긴 했지만 위험하기 짝이 없는 상황이었다.

다시 어둠과 한몸을 이룬 채로 영호선은 생각에 잠겼다.

가족에 대한 근심으로 분노만이 가득했었다.

그러나 이젠 화산이 가족을 납치할 정도로 극악한 방법을 쓰게 된 이유를 이해할 수 있을 것 같았다. 그들에게 있어서도 황빙빙은 문도가 아니라 가족이었던 것이다.

'차라리 내가 그들을 죽인 것이었다면……'

만약 그런 것이었다면 순순히 화산에 모습을 드러냈을 것이다. 죄를 고하고 가족을 구하는 것으로 이 목숨을 버릴 수 있을 것 같았다.

하지만 그것이 진실이 아니기에 단순히 감정적으로 행동할 수 없었다. 흉악무도한 놈이 등 뒤에서 깔깔거리며 웃게 하고 싶지 않았다.

그때 잠마가 말했다.

'어설픈 연민 따윈 집어쳐. 결국 화산도 마도와 다를 게 없다는 것만 생각해.'

잠마의 말은 맞기도 하지만 틀리기도 했다.

어찌 황빙빙에 대한 마음을 어설프다고 할 수 있겠는가.

'각오 단단히 해라. 손에 사정을 두는 일 따윈 없어야 해. 오늘 화산을 다 죽여 없애는 거다.'

곧바로 항마가 반박하고 나섰다.

'생명이 소중한 것은 모두 같거늘 어찌 가족의 안위만을 위해 모두를 죽인다는 것입니까? 소인은 묵과하지 않겠습니다.'

그래, 어쩌면 화산의 도인들을 베어야 할지도 모른다. 그건 어쩔 수 없는 선택이다. 죽이지 않으면 죽는다. 죽이기 위해 사랑하는 사람을 인질로 삼는다. 그것이 강호였다.

영호선은 강호무림이라는 세계에 염증이 났다.

도를 말하고, 악을 멸하는 모든 것 뒤에는 가려진 시궁창이 있었다.

그건 결국 자신도 마찬가지라는 생각이 뒤를 잇자, 영호선은 쓰게 입을 다셨다. 황빙빙에 대한 연민은 그저 연민일 뿐, 현실은 또 얼마나 냉혹한가.

그때 항마가 불쑥 입을 열었다.

'외람된 말씀입니다만 한 말씀드리겠습니다. 곰곰이 생각해 보니 화산은 비록 암호로 유인책을 사용하긴 했고, 비록 그 문구가 저열하다고 할 수 있으나 실제로 가족이 억류되어 있는지 여부는 알 수 없는 일입니다. 게다가 가문의 저력을 생각해 볼 때 화산에 순순히 붙들렸다고는 생각할 수 없는 일이기도 하지 않겠는지요.'

잠마도 웬일인지 항마의 말에 동의하고 나섰다.

'옳거니. 너 뭔 일로 똑똑한 소리를 하는구나. 자, 그러니까 이제 뭘 해야 하는지 알겠지? 저 두 놈을 잡아다 족치는 거야. 허장성세인지, 아니면 진짜 억류하고 있다면 그 장소가 어디인지 알아내는 거야. 물론 두 놈은 죽여야겠지. 어때? 간단하지?'

영호선은 머리가 복잡했다.

두 놈의 말이 다 맞았다. 가문이 그리 쉽게 당할 리 없었다. 하지만 상대는 화산이 아닌가! 황빙빙에 대한 애정의 깊이만큼 그 분노 또한 컸을 테니 무슨 짓이든지 할 수 있었다.

'그래, 어쩔 수 없다. 피해를 최소화하려면 저 두 사람을 일단 제압하는 수밖에.'

잠마의 말대로 죽일 생각은 추호도 없었다.

사실 여부를 확인하고, 억류되어 있다면 그 장소만 파악한 뒤 점혈해 두면 되는 것이다.

'좋아, 가자!'

잠마가 시원스럽게 외쳤다.

그 장단에 영호선은 막 신형을 쏘아가려 했다.

한데 그때였다.

슈우웅…….

펑!

붉은 신호탄이 점점이 명멸해 갔다..

기이하게도 산 아래쪽이 아닌 산 위, 화산의 본청 쪽이었다.

'헉, 이건 또 뭐야! 뭔데 대놓고 불꽃질이야!'

'흠, 화산에 다른 불청객이 온 것일까요?'

이어 속속들이 매복하고 있던 고수들이 모습을 드러내며 산 위로 쾌속하게 신형을 날리는 모습이 보였다.

잠마가 호들갑을 떨었다.

'야, 빨리 쫓아가자. 뭔 일이 나긴 난 모양이니까.'

영호선이 속으로 중얼거렸다.

'그래, 가보면 알겠지.'

기척을 죽인 채 영호선이 신형을 날렸다.


예상했던 변고는 어디에서도 찾아볼 수 없었다.

다행스러운 마음이 드는 한편으로 당연히 적의 침입이라

고 생각했던 터라 허탈한 마음까지 들 정도였다.

'그저 불러들인 것이라는 건가?'

'이 이상 가까이 가면 위험합니다.'

화산파의 본청 연화봉 부근에 이르자 항마가 경고했다.

잠마가 바로 으르렁거렸다.

'무슨 개소리야. 화산파가 뭐가 그리 대단하다고.'

영호선은 항마의 의견을 따랐다.

화산의 장문인은 자하성군이라 불리는, 천하사군 중 한명인만큼 조심한다고 나쁠 것이 없었다. 무엇보다 지금은 상황을 파악하는 것이 중요했다. 화산이 가족을 억류하고 있다고 해도 목숨을 해치려 하지는 않을 터.

쥐 죽은 듯 고요하였기에 지켜볼 수록 묘하게 긴장이 높아졌다.

내원은 불이 환하게 밝혀진 상태였으나 제법 거리가 있는 만큼 안에서 나누는 대화를 들을 수는 없었다. 단지 본청 앞에 스무 명의 검수가 좌우로 도열한 모습만 볼 수 있을 따름이었다.

'뭘 지랄들을 하느라 이렇게 시간을 끄는 거야.'

잠마가 기다리기 지루한지 연신 투덜거렸다.

그렇게 일식경가량이 지났을 때였다.

안쪽에서 일단의 무리가 쏟아져 나왔다.

여섯 명의 청수한 노인이었다. 각기 기도가 범상치 않은 것이 장로 급이 틀림없었다.

그 뒤로 한 노인이 천천히 걸어나오는 것이 보였다.

백발이 성성한 노인은 다른 이들과 달리 안광을 번쩍이고 있었다.

'눈탱이가 자줏빛으로 번들거리는 걸 보니 저 영감탱이가 자하성군인 모양이군.'

'말이 험하십니다. 화산 장문이십니다. 존중하는 마음을 가져주십시오.'

'장문인은 별거냐? 장문인은 칼이 안 박힌다든? 그리고 이 새끼야, 저 영감이 집안 식구들을 잡고 있을지도 모르는데 무슨 얼어붙을 존중이야! 대가리에 칼날이라도 박힌 거냐? 앙?'

잠마와 항마가 투닥거렸다.

안광의 예리함에 영호선은 더욱 은신에 마음을 기울였다. 비록 멀리 떨어져 있다곤 해도 자색광망이 어둠과 은신을 한눈에 꿰뚫어 버릴 듯했기 때문이었다.

듣기로 자하신공을 익혔다고 하여 평상시에 자광을 드리우진 않는다고 했다. 아마 지금의 안광은 그의 분노를 여실히 보여주는 것이리라.

"매화검수는 들으라."

자하성군의 음성이 나직이 울려 퍼졌다.

도열해 있던 이십여 검수들이 검을 검집째로 들고 답했다.

“명을 기다립니다.”

“악적 영호선의 행적이 드러났다.”

순간 영호선은 소스라치게 놀라고 말았다.

‘헉, 들켰단 말인가.’

등줄기가 서늘해졌다. 자하성군의 입에서 당장에라도 ‘저곳이다’ 라고 외칠 것 같았다.

잠마와 항마도 놀라 어깨를 흠칫했다.

자하성군의 말이 이어졌다.

“이 밤을 도와 상주(商州)로 향하라. 인솔은 태허자가 할 것이다. 그곳에서 종남과 힘을 합하여 놈을 잡도록 하라.”

“명을 받듭니다.”

매화검수들이 일제히 답했다.

영호선은 놀란 가슴을 쓸어내렸다.

그러다 퍼뜩 정신을 차렸다.

‘내가 상주에 나타났다고?

의문이 떠오른 순간 바로 답을 알 수 있었다.

잠마가 킬킬거렸다.

‘그랬군, 그랬어. 역시 역용이었던 거야. 섭혼이 아니라 우리 얼굴을 하고 항마칠단을 도륙한 거야. 야, 그 자식들 진짜

제대로 덤터기를 씌울 작정이었구만.'

섭혼이 아니라 다행이란 생각은 없었다. 아니, 오히려 화가 치솟았다. 감히 자신의 모습으로 역용하다니. 놈이 그후 얼마나 많은 살육을 펼치고 다녔을지 모르는 일이라고 생각하니 당장에라도 쫓아가 뼈와 살을 발라내 버리고 싶었다.

쉭, 쉭, 쉭…….

장로 중 한 명, 태허자임이 분명한 이가 매화검수와 함께 신형을 날리는 것이 보였다.

항마가 말했다.

'기회입니다. 매화검수를 따라가면 항마칠단을 해친 흉수를 찾을 수 있을 겁니다.'

영호선은 고개를 저었다. 굳이 매화검수를 따라갈 필요는 없었다. 상주라는 목적지가 분명히 드러났다. 늦게 출발한다 해도 그들을 추월하는 것은 어려운 일이 아니었다.

'영호선이란 놈이…….'

생각하다 말고 영호선은 얼굴을 와락 일그러뜨렸다.

'씨발 짜증나는군…….'

자기 입으로 자기 이름을 부르며 적의를 품어야 한다는 사실에 화가 났다.

'그보다 지금은 화산이 가족을 억류한 것이 사실인지 확인

해야 해.'

애초에 속임수에 불과했다면 아무 일도 없겠지만 억류가 사실이라면 곧 풀어줄 것이니 그것을 두 눈으로 확인해야 했다.

'소인의 생각이 짧았습니다.'

항마가 용서를 구했다.

잠마가 항마의 뒤통수를 후려갈겼다.

'네놈이 생각하는 게 그렇지.'

영호선이 잠마를 노려봤다.

'이 새끼야, 정신 사나우니까 닥치고 가만히 있어."

'어! 저기 뒤에 누가 나오는데.'

방금 화산의 장로들과 장문인이 나왔던 그곳으로부터 한 사람이 걸어나오고 있었다. 그리고 그 뒤로 그림자마냥 또 한 사람이 뒤따르고 있었다.

'또 어떤 새끼야! 괜히 폼이나 잡고 말이야.'

영호선도 동감이었다.

마치 보이지 않는 화산의 진정한 힘인 양 태연히 걸어나오고 있었다.

이윽고 어둠이 걷히고 장문인 곁으로 두 사람이 멈춰 섰다.

잠마와 항마가 동시에 경악성을 터뜨렸다.

'엄마?

'어머니!'
영호선도 입을 쩍 벌렸다.
믿을 수 없게도 나타난 것은 어머니였다.
'어머니께서… 왜?'

第七章
뜻밖의 조우

潛魔
잠마검선
劍仙

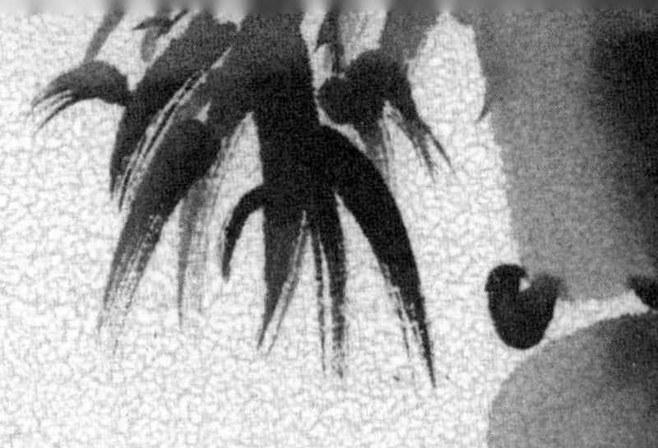

단아한 자태.

곱게 말아 올린 머리.

세월이 비껴간 듯 보였다.

형산으로 떠나기 전 뵙던 그 모습 그대로였다.

거의 팔 년 만에 뵙는 어머니의 모습이었지만 영호선은 한 눈에 알아볼 수 있었다.

그리고 그 곁에 그림자처럼 선 백의를 걸친 노인의 모습에 영호선이 내심 중얼거렸다.

'백노……'

백노도 여전했다. 이름도 모르고 늘 백의를 입고 다녔다. 아버지도 어머니도 형님도 다들 백노라 불러서 영호선도 백노라고 불렀을 뿐이었다.

화단도 가꾸고, 나무도 손질하곤 했지만 언제나 아버지, 어머니가 외출할 땐 백노가 함께했다.

그리고 지금도 어머니 곁에 언제나처럼 그림자처럼 서 있었다.

어느샌가 잠마와 항마는 뛰쳐나간 후였다.

'엄마, 이게 대체 뭔 일이에요? 왜 화산에 계신 거냐구요? 혹시 이 새끼들이 힘들게 한 건 아니죠? 야! 눈 색깔 이상한 놈아, 이게 뭔 짓이야. 오늘 한번 제대로 뒈져 볼래?'

잠마는 어머니께 이야기를 했다가, 자하성군을 향해 눈알을 부라렸다.

반면 항마는 어머니 앞에 정중히 큰절을 올리고 있었다.

'어머니, 그동안 강녕하셨는지요.'

두 놈이 상반된 모습을 보였지만 어떻든지 간에 둘 다 어머니 앞에 마음껏 모습을 드러낸 것이 영호선으로서는 부러울 따름이었다.

어머니의 신색은 고요하고 어떤 의미로는 오만해 보이기까지 했다. 결코 억류된 사람의 얼굴이 아니었다. 잠마가 굳이 성질을 부릴 정도는 결코 아니었다. 그러나 만약 초췌한 모습이었다면 영호선은 당장 뛰쳐나가고 말았을 것이라고 생각했다.

"영호선은 끝내 오지 않았군요. 아무래도 화 부인의 뜻은 어긋난 것 같소."

자하성군이 말했다.

어머니가 고개를 끄덕였다. 어쩐지 빙긋 미소를 짓고 있는 것 같기도 했다.

"인정하지 않을 수 없군요. 반드시 달려올 것이라고 생각했거늘… 아마 표식을 보지 못했거나 보았더라도 아선에게 다른 생각이 있겠지요. 경망스러운 아이가 아니니 오해가 있다 해도 곧 풀어낼 것입니다."

영호선은 그제야 내막을 알아차렸다.

유인책을 쓴 것은 화산이 아니라, 어머니의 뜻이었던 것이다. 삼자대면을 통해 진실을 밝히고 싶으셨으리라. 형산의 군자검이라 불리는데는 어릴 적부터 어머니의 영향이 지대했고, 그런 만큼 어머니는 자신을 향해 지극한 신뢰를 보내고 있었다.

자하성군이 말했다.

"정녕 영호선이 무죄라고 생각하시는 게요?"

은은한 노기가 서려 있었다.

잠마가 곁에서 '야! 눈 깔아' 라고 윽박질렀다.

"그렇지요. 어미보다 자식을 더 잘 아는 사람은 없지요. 아선은 가문을 걸고 보증을 할 수 있으니까요."

"지나친 자신감이로구려. 아시겠으나 이미 희생된 아이들의 문파나 가문이 모두 움직이고 있소. 은하금장의 권세와 재력이 대단하다 하나 그들 모두를 막지는 못할 것이오."

"착각을 하고 계시는군요. 저는 그들을 막을 생각이 전혀 없습니다. 아선을 형산에 보낼 때 이미 각오한 바입니다. 강호에 의탁했으니 마땅히 강호의 법칙을 따라야겠지요. 어쩔 수 없이 목숨을 잃는다고 해도 그것 또한 아선의 운명이니 받아들일 수밖에요."

"화 부인의 배포는 여장부라고 해도 과언이 아니구려. 실로 화산이 감탄할 만하오. 그렇소, 그것이 강호인 게요."

"호호호호호!"

갑자기 어머니가 크게 웃음을 터뜨렸다.

장문인과 장로들이 의아한 눈으로 바라봤고, 잠마와 항마도 눈을 연신 깜박거렸다.

"강호가 그러한 곳이니, 만약 아선이 죽게 되면 철저히 전후 사정을 파헤쳐 진실을 드러낼 것입니다. 그땐 피의 산과 피의 강을 본다고 해도 원망하지 마시길 바라겠어요."

싸늘하기 이를 데 없는 음성은 마치 북풍한설처럼 화산에 몰아쳤다.

자하성군과 장로들의 안색이 딱딱히 굳어졌다.

"그럼 이만 작별을 고할까 합니다. 가자!"

어머니의 말이 끝나기 무섭게 네 사람이 화려한 가마를 들고 날 듯이 달려왔다.

화 부인이 가마에 오르자, 그 옆에 시립해 있던 백노가 화산 장문인 자하성군을 향해 포권의 예를 취했다.

"부디 화산이 신중을 기하길 바랍니다."

자하성군이 입을 굳게 다물고 침음성을 흘렸다.

백노가 앞장서고, 가마를 멘 네 사람의 신형이 미끄러지듯 산을 내려갔다. 그 움직임이 표홀하기 이를 데 없어 마치 가마는 날아가는 것만 같았다.

장문인 곁에 선 잠마와 항마도 완전히 넋이 나간 표정으로 사라져 가는 가마를 바라보고 있었다.

잠마가 중얼거리듯 항마에게 말했다.

'흐으, 무섭네. 절대 죽으면 안 되겠다.'

'소인도 동감입니다. 엄한 어머니인 줄은 알았지만 화산 장문인을 얼어붙게 하시다니.'

'크크, 장문 영감 얼굴 봐라. 완전히 맛이 갔어.'

영호선도 마찬가지 심정이었다.

'제길, 죽으면 죽는 대로 장난이 아니겠구나. 이럴 때가 아니지.'

영호선은 은신한 채로 즉시 산 아래로 신형을 움직였다.
뒤쪽에서 잠마와 항마가 외치는 소리가 들렸다.
'야, 이 새끼야, 같이 가야지!'
'저를 버려두고 가실 생각이십니까?!'


* * *


"쉬운 일이 아니로군요. 저리도 자식을 철썩같이 믿다니."
장로 선양자가 한숨 쉬듯 말했다.
자하성군이 고개를 저었다.
"그저 지켜보겠다는 것도 간단한 말은 아닐세. 분명 은하금장과 형산은 영호선을 믿고 있겠지."
"화 부인 곁의 노인은 대체 누구입니까?"
"손을 섞어보기 전에는 모르겠군. 하지만 단언할 수 있는 건 결코 노부보다 아래가 아니라는 것일세."
자하성군의 말에 곁의 장로들은 무겁게 침음성을 흘려야했다.


* * *


'이 덜떨어진 놈아, 빨리 좀 달리지 못해!'

잠마가 거의 삼십여 장이나 앞서 달리면서 고함을 내질렀다.

어머니가 탄 가마를 쫓는 중이었지만 아직은 화산의 영역이랄 수 있기에 마음껏 모습을 드러내고 신법을 최상으로 끌어올릴 수 없었다.

화산파의 고수들이 가마를 쫓지 않으리라 장담할 수 없기에 그 부분도 신경 써야 했다. 하지만 잠마야 멋대로 모습을 드러내든 소리를 지르든 상관이 없으니 제멋대로 떠들며 보채고 있었다.

'굼벵이를 삶아먹었냐! 처달리란 말이야!'

영호선은 귀를 틀어막고 싶었지만 그런다고 들리지 않는다는 것도 아니란 것을 알기에 입술만 깨물었다.

'어후, 저걸 확 죽여 버릴 방법 없나?'

'있습니다.'

속삭이듯 차분히 들려온 말에 영호선이 너도 마찬가지야, 라는 표정으로 항마를 쳐다봤다.

항마는 영호선 오른편에 어깨를 나란히 하여 신형을 날리면서 말했다.

'그건 매우 간단합니다. 죽으면 되지요. 하하하하……'

영호선은 어안이 벙벙해져 항마를 바라봤다.

'이놈도 슬슬 맛이 가려고 하네.'

두 놈 모두 자신일 텐데 어째 하나같이 정신줄이 모조리 끊어져 있었다. 항마 이놈도 잠마와 붙어다니더니 어느새 물들어 버린 것이 아닌가 싶기도 했다.

영호선은 속도를 올렸다가 늦추고, 다시 올리기를 반복하며 화산의 꼬리를 확인했다.

하지만 고요한 밤바람만 느낄 수 있을 뿐 자연을 거스르는 기운은 어디에서도 찾을 수 없었다. 아무래도 화산은 어머니의 말씀을 믿고 있는 것 같았다.

그래도 혹시 모르는 일이기에 영호선은 일정한 거리를 두고 최대한 노출을 숨기고 가마를 뒤따랐다.

다행스러운 점이라면 가마꾼들은 경공을 펼쳐 달리고는 있지만 흔들림을 최소화하기 위함인지 전속력을 내지는 않고 있다는 점이었다. 그렇다고 결코 천천히 가는 것은 아니었다.

그저 눈에 거슬리는 점이라면 이젠 가마의 지붕 위에 올라 빨리 오라고 성질을 부리고 있는 잠마 정도였다.

그렇게 반 시진가량 지나 이젠 화산이 아스라이 흐리게 보일 정도가 되자 영호선은 신형을 끌어올렸다.

화산에서 뵐 때만 해도 너무 놀라고, 긴장 속에 있었던지라 그리움을 느낄 겨를도 없었지만 이젠 더 이상의 어떤 장애물도 없이 다시 어머니를 뵐 수 있다는 생각이 들자 울컥하고 가슴이 복받쳤다.

그동안 이리 치이고, 저리 치이며 지냈던 시간을 보상받고 싶었다.

가마가 십여 장 정도의 거리로 가까워졌다.

영호선은 땅을 박차 도약하며 외쳤다. 항마도 그림자처럼 뛰어올랐다.

"잠시 멈추세요."

가마 위를 뛰어넘어 달리던 가마의 전면으로 막 떨어질 때였다.

순간 영호선은 사나운 기세가 뒤통수 쪽에 닿으려 하자, 화들짝 놀라 왼손으로 상대의 경력을 해소하고 다시 훌쩍 뛰어올라 이 장여를 물러났다.

손을 쓴 것은 백노였다.

"흠, 화산은 믿음이 부족… 응?"

백노는 당연히 화산일 것이라고 생각한 모양이었다.

그러나 말을 맺지 못하고 고개를 갸우뚱했다.

"화산은 아니로군."

영호선이 환하게 웃었다.

"백노, 나야. 나 영호선!"

잠마도 낄낄거렸다.

'와우, 뒈질 뻔했다고.'

항마는 정중히 인사했다.

'할아버지, 영호선이 인사드립니다.'

백노가 말했다.

"화 부인, 영호 공자라 사칭하는 자가 눈앞에 나타났습니다."

가만 안에서 목소리가 새어 나왔다.

"그러한가… 백노, 놈의 두 다리를 잘라라. 죽여선 안 된다."

"그리하겠습니다."

"헉!"

영호선이 경악성을 토했다.

머리가 어떻게 되어버릴 것 같았다. 하지도 않은 일에는 잘도 살인자로 몰리고, 정작 영호선이라고 말해도 믿어주지 않는 현실이라니. 잠마와 항마도 어이가 없는지 입을 쩍 벌리고 있었다.

"어머니, 저예요. 진짜 둘째 아들 영호선이라구요."

그에 답한 것은 백노였다.

그 말이 끝나기 무섭게 희끗한 그림자가 눈앞에 이르렀다.

영호선은 거의 본능적으로 마운천봉공의 수신결을 운용해 왼손으로 가슴을 보호하고, 오른손으로는 백노의 어깨를 움켜잡았다.

잠마원의 독웅금나였다.

백노의 장력이 가슴을 강타하고, 영호선은 장력의 흐름을 역행하지 않고, 어깨를 잡고 돌았다.

단 일보(一步)!

독응금나를 어느새 마룡박격으로 전환하고 있었다. 일보만 디디면 어깨뼈를 완전히 분쇄해 버릴 수 있었다.

하지만 영호선은 그순간 상대하고 있는 이가 백노라는 것을 퍼뜩 깨달았다. 붙잡은 손을 놓고 장력의 기운을 해소하기 위해 연거푸 다섯 바퀴를 팽이처럼 돌며 물러섰다.

"제법 한 수를 지니고 있구나."

백노가 오른손을 옆으로 뻗자, 뒤쪽에서 한 자루의 도가 날아왔다. 가마꾼 하나가 던진 것이었다.

백노는 날아드는 도를 눈으로 좇지도 않고 도병을 쥐고 그대로 달려들었다.

그 기세가 실로 흉험하기 이를 데 없었다.

정말 두 다리를 자를 모양인지 도가 백색광망을 두른 채 하체를 덮쳤다.

적수공권으로 막아내기엔 무리가 있었다.

"앗!"

영호선도 즉시 검을 뽑았다.

해명할 기회도 없이 죽거나, 다리가 잘린 채로 진실이 드러나 봐야 더욱 비참할 따름이었다.

영호선이 베어오는 백노의 도면을 검으로 찍고 도약했다.

탓!

백노의 도는 폭풍 같은 기운을 머금고 있었지만 그럼에도 방향을 전환함에 거리낌이 없는지 그대로 쳐 올리고 있었다.

도약하던 영호선의 등은 고스란히 노출되었다.

이 일격은 두 다리가 문제가 아니라 척추를 반으로 갈라 버릴 태세였다. 서늘한 한기에 영호선은 순간 기혈을 역류시키며 검격을 떨쳤다.

순간 영호선의 신형이 연기처럼 꺼지듯 옆으로 이동했다.

지하 동부에서 익힌 검절의 검예였다. 처음 곤란을 겪었던, 반드시 펼치면 기혈이 역류되는 검초식, 그렇기에 마운천봉공의 역행의 결을 바탕으로 펼쳐 애초에 기혈을 역행한 채로 펼쳐야 제대로 그 길을 보여주는 검초였다.

나아가는 듯하나 실제로는 미끄러지듯 역방향으로 꺾이며 일검을 날리게 된다.

챙!

검과 도가 부딪쳐 불꽃이 튀었다.

강력한 경력이 실린 터라 영호선과 백노는 각기 튕겨지며 물러섰다.

영호선이 외쳤다.

"왜 그래, 정말 날 죽일 셈이야?"

잠마와 항마도 떠들기 시작했다.

'야, 백노 이 씹어먹을 늙은이야! 정신 차려. 눈깔은 뒀다

어디에 쓰려고 달고 다니는 것이냐!'

'어머니, 말려주십시오. 이러다간 누구 하나가 다치고 맙니다.'

백노가 보일 듯 말 듯 고개를 기울였다.

그러나 그뿐이었다.

서서히 도를 비껴 드는 광경이 보였다. 두 눈은 깊게 가라앉았다. 소맷자락은 부풀어 올랐다. 이내 도신에 새하얀 광채가 어리는가 싶더니 순식간에 백색광망에 뒤덮였다.

'도강?'

제대로 작심한 모양이었다.

백노의 신형이 짓쳐들었다.

영호선은 지하 동부에서 모진 수련의 결과 용암조차 침범할 수 없을 정도로 호신강기를 구사할 수 있었다. 그것은 이미 검강을 구사할 수 있다는 뜻이기도 했다.

하지만 검강을 구사한다면 둘 중 하나는 크게 다칠 우려가 있었다. 천지를 뒤덮을 듯 밀려오는 도강에 영호선은 검절의 고매한 검결을 따라 방어에 치중했다.

정면으로 맞받아치지 않고, 도의 결을 따라 돌았다.

기본적으로 검절의 검결을 익히는 과정에서 필연적으로 신법이 수반되었는데 딛는 발 하나 하나에 이미 고절한 경신의 공부를 익힌 것이나 다름없었다.

슈욱, 슉!

충돌을 최소화한 까닭에 백노의 도가 공기를 가르는 소리
만이 가공할 위력을 담고 울려 퍼졌다.

거의 순식간에 백여 초를 교환하자, 영호선은 거의 십여 장
을 물러나야 했다.

정녕 영호선은 더 이상 미칠 것도 없다는 걸 알면서도 그
한계마저 돌파할 정도로 돌아버릴 지경이었다.

'제기랄, 도대체 왜 사람을 똑바로 쳐다보고도 고개만 갸
우뚱거리고 못 알아보는 거냐고!'

그 순간 영호선은 아차, 싶었다.

'아, 역용!'

이런 바보 멍청이 같으니라고. 왜 이제야 그 생각을 한 것
이란 말인가. 그랬다. 화산에 오르면서는 당연히 역용을 풀
이유가 없었고, 가마를 뒤따르면서도 혹시 화산의 추적이 있
을지 몰라 그대로 역용을 하고 있었던 것이다. 또 그 모든 이
유를 떠나 차분히 생각할 겨를 자체가 없기도 했다.

'잠마, 항마 저놈들은 도대체 하는 일이 뭐야? 어휴, 하긴
내가 모르는 걸 저놈들이 어찌 알겠어. 내가 바로 저놈들인
데.'

철저히 두 놈은 자신이 보는 것을 보고, 자신이 듣는 것을
들으며, 자신이 생각하는 범주 내에서, 그것이 무의식일지라

도, 그 안에서 활동하는 것이다. 결코 두 놈을 탓할 수 있는 성질의 것이 아니었다.

아니나 다를까, 잠마가 길길이 날뛰고, 항마가 한숨을 내쉬기 시작했다.

'야이 돌대가리 새끼야. 머리는 장식이냐! 역용을 한 것도 모르고 있었다니 그게 말이 된다고 생각해! 저 새낄 내가 꽉 죽여 버리든지 해야지.'

'휴, 정말 어리석은 일이로군요.'

영호선은 자신의 내부 갈등의 환상체들과 말다툼을 할 생각은 추호도 없었다. 그러기엔 백노의 도가 지나칠 정도로 가공할 위력을 뿜어내고 있었다.

어릴 적 백노는 가끔씩 목마를 태워주거나 함께 손을 잡고 거리를 거닐었었다. 그 따스한 손길이 지금은 살벌하기 이를 데 없는 도법을 구사하니 놀라지 않을 수 없었다.

지금으로선 역용을 푸는 것이 최상이었지만 당장 역용을 풀 만한 여유가 없다는 것이 문제였다. 역용을 풀기 위해 차분히 운기라도 한다면 모가지가 바닥에 내동댕이쳐진 채로 절반쯤 풀리다 말 것이 틀림없었다.

'제길, 적당히 좀 하자고.'

챙, 챙, 챙~

도를 흘려보낸 것이 여의치 않아 어쩌다 빗겨 맞을 때면 손아귀가 저릿할 정도로 백노의 내공은 심후했다. 만약 지하 동부에서 용암어를 복용하지 않았다면 견디기 힘들었을 것이라는 생각이 들었다.

하지만 이런 영호선의 생각은 맞는 말이기도 했지만 또 틀린 말이기도 했다. 비록 수세에 몰리고는 있지만 그것은 단지 해하려는 의도가 없어서일 뿐 사실 자기 스스로도 그 힘에 대해 온전히 다 알지 못하고 있었다.

또한 영호선은 숨 돌릴 틈 없는 격전 중에 온갖 생각을 떠올리고 있는 스스로를 전혀 이상하게 생각하지 못했지만 정작 이것은 여느 고수라고 해도 불가능한 일이었다.

만약 상대가 하수라면 여유를 가지고 여러 상념을 가질 수 있겠지만 생사를 결하는 상황에서 갖가지 생각을 떠올리고 그 와중에 적의 공격을 막아내고 있다는 것은 놀라운 일이라 할 수 있었다.

이는 영호선의 의식이 잠마와 항마라는 환상체를 스스로 만들어내고 그들과 대화를 나눌 수 있게 된 것부터가 시작이라 할 수 있었다.

영호선 스스로는 곤혹스러움을 금치 못했으나 어떤 의미로 이것은 놀라운 성취라 할 만했다.

그렇다고 해서 마냥 장점이라고는 할 수 없었다. 그것은 스스로가 통제할 수 있는 상태가 아니었기 때문이다. 마음에서

의도하지도 않았건만 그때마다 불쑥 생각과 다른 무공이 튀어나오는 것이 그 증거였다.

슈욱!

격렬한 격돌 중에 순간 백노의 도가 곧바로 쭉 찔러왔다.

도란 본시 베기 위함이기에 도법의 모든 절초는 일격에 뿜어져 나오는 횡단이 요결이다.

그런데 백노의 도는 어느 순간부터는 마치 검인 양 베고 찌르는 다양한 변초를 보이더니 급기야 충돌로 벌어진 영호선의 가슴을 향해 찔러들었다.

영호선은 기겁해 거의 본능처럼 검을 회오리처럼 감았다.

빛무리가 원의 형태를 이루며 도를 감쌌다.

이는 형산의 비전검초 중 비류현현으로 검광이 둥그런 고리를 형성하고, 이후 빠르게 원의 형태가 축소되면서 그 안에 들어오는 모든 것을 절단하고 마는 살초 중의 살초였다.

원래는 적에게 신속히 나아가 빛의 테두리로 어깨나 혹은 팔, 손목을 휘감아 잘라내는 것이었지만 영호선은 다급한 상황에서 백노의 도를 향해 펼쳐 낸 것이었다.

지이잉…….

둥그런 빛의 테두리가 축소하며 도를 옥죄자, 도가 전진을 멈추고 부르르 떨며 울었다.

그 순간, 백노가 도를 끌어당기고, 뒤로 훌쩍 물러섰다.

백노의 얼굴엔 놀라움이 가득 떠올랐다.

“형산의 비환(飛環)? 넌 도대체 누구냐?”

영호선이 말을 꺼내기도 전에 잠마가 벼락같이 외쳤다.

‘이런 망할! 이제 알아보냐! 어딜 가나 늙은 것들이 문제야 문제!’

항마가 고개를 살래살래 흔들었다.

‘그나마 다행이로군요.’

영호선이 안도의 한숨을 내쉬었다.

한번 손을 쓰기 시작하면 여전히 원하는 대로 골라가며 무공을 펼칠 수가 없었다.

마치 몸이 그때그때 최적의 공격과 방어를 선택하듯 움직일 따름이었다. 그나마 다행인 것이 전진과 멈춤이 통제된다는 점이었다.

“나야, 영호선. 내가 경황이 없어서 말을 못했는데 지금은 역용한 상태란 말이야. 제발 좀 믿어줘.”

“흠……”

백노가 눈을 가늘게 떴다.

“방금 봤잖아. 내가 영호선이 아니면 어떻게 형산의 비전 검법인 비환을 쓸 수 있겠어. 백노가 아는지 모르겠지만 방금 건 비류현현이었단 말이야.”

말을 하는 중에 영호선은 호흡을 가다듬고 천천히 역용을 풀었다.

그러자 푸짐한 몸매의 털털거리는 중년 여인에서 이내 본래의 영준하기 이를 데 없는 모습으로 돌아왔다.

백노가 약간 놀란 눈으로 물었다.

"진정 둘째 공자이십니까? 칠 년이 지나 가문으로 돌아온다는 약속을 왜 따르지 않으셨습니까?"

"십 년이잖아. 아직 좀 더 남았다구. 일이 꼬이지만 않았어도 지금 어머니를 따라오지 않았을 거야. 하지만 지금은 걱정하실 것 같아서 어쩔 수 없었어."

영호선은 그저 대수롭지 않게 답했지만 사실 백노의 질문은 하나의 시험이었다. 칠 년을 인정하는 말이 나왔다면 백노는 주저하지 않고 도를 날렸을 터였다.

그때였다.

"아선이구나."

가만 안에서 부드러운 음성이 흘러나왔다.

영호선이 즉시 무릎을 꿇었다.

"어머니, 불초 소자 인사 올립니다. 그동안 무강하셨는지요."

어느새 잠마와 항마도 양쪽에 나란히 무릎을 꿇고 인사를 올렸다.

"달라졌구나."

"네……. 여러 복잡한 사정이 있었습니다."

"잠마원에 갔다지?"

"그, 그렇습니다."

어쩔 수 없이 말을 더듬었다. 이해하실 수 있도록 천천히 설명을 드리면 좋으련만 그러려면 하루 날을 잡아야 할 것 같았다. 정말이지 단번에 설명할 수 있을 것 같지 않았다.

설명하자면야, 어쩌다 약을 먹고 잠마원에 갔다가, 다시 지하에 갇혀 사지가 연신 부러지고, 형산으로 돌아왔는가 싶었는데 어느새 정신을 차려보니 항마원이더라, 는 것이었지만 누구라도 그 정도로 납득시킬 자신이 없었다.

"……."

다행이라고 해야 할지, 아니면 서운하다고 해야 할지 어머니는 바로 묻지는 않으셨다.

그렇게 잠시 침묵이 흘렀다.

이윽고.

"아들아."

"네, 어머니."

"항마원의 아이들은 네가 죽였더냐?"

"아닙니다. 저는 모함을 받고 있습니다."

"네가 내 앞에 있으니 상주에 있다는 자가 범인이겠구나."

"그렇습니다. 어머니를 뵌 후 상주로 가 놈을 잡을 생각이었습니다."

"이 어미가 널 형산으로 보낸 것은 누구의 뜻이었느냐?"

"제가 바라던 바였습니다."

"그곳은 형산이면서도 강호라고 했던 것도 기억하느냐?"

"기억하고 있습니다."

"사람은 모름지기 자기가 내뱉은 말에 책임을 질 수 있어야 한다. 네가 강호에 발을 딛는 순간 엮이게 된 모든 것 또한 네가 해결해야 할 너의 몫이다. 너는 이 일을 해결할 수 있는 마음가짐과 힘을 가지고 있느냐?"

"소자, 부족하나 제 손에서 이 일을 마무리 짓겠습니다."

"백노, 아선의 말이 맞더냐?"

백노가 공손히 답했다.

"강호가 험하다 하나 둘째 공자라면 충분히 한 몸 지켜낼 수 있을 것입니다."

"그러한가. 아들아, 네 지금 모습은 이 어미가 바라던 바가 아니다."

"……."

영호선은 침을 꿀꺽 삼켰다.

어머니의 말씀이 이어졌다.

"하지만… 네가 지금의 네가 된 것도 나쁘진 않구나. 너는 여전히 정도의 길을 걷고 있느냐, 아니면 마도의 길을 걷길 원하느냐?"

"……."

영호선은 바로 답하지 못했다.

당연히 정도의 길을 가야 한다는 대답을 해야 한다는 것은 알았지만 그렇다고 마도의 길 자체가 꼭 나쁜 것은 아니었다. 비록 마도련이 항마칠단을 참살하였다 해도 그것은 마도련 전체의 소행이라고는 아직 확신할 수 없었다.

그러기엔 잠마원의 기재들도 별다를 것 없는 젊음이었다.

그때 잠마가 고함치듯 말을 이었다.

'야, 인마. 마도의 지존이 되겠다고 말씀드려.'

잠마가 가마를 향해 말했다.

'서운하실지 모르지만 저는 마도의 종사가 되겠습니다. 그 자유로움이 좋습니다. 진심으로 이것이 저의 길입니다.'

항마도 가만있지 않았다.

'어머니, 소자는 어머니의 기대를 저버리지 않을 것입니다. 정도의 길을 가는 것은 당연한 저의 길입니다.'

영호선이 입을 열었다.

"소자는 두 개의 길에서 방향을 잃었습니다. 지금은…….
저의 길을 가고 싶습니다."

"그러하더냐."

잠시 침묵이 흘렀다.

"아들아, 시련은 무엇이냐?"

영호선은 잠시 망설였지만 이내 어릴 적 가르침을 떠올리고 대답했다.

"시련이란, 아직 배우지 못한 교훈이 다시 한 번 모습을 드러낸 것입니다. 과거 잘못된 선택을 했던 그곳에서 더 나은 선택을 할 수 있는 선물입니다."

"잊지 않았구나. 네가 그것을 잊지 않았으니 이 어미는 네가 너의 길을 가는 것을 지켜보겠다."

"실망하시지 않도록 하겠습니다."

"화산을 찾아 표식을 남기라 한 건 어미였다. 나는 내 아들을 믿었기에 직접 이야기를 듣고 싶었다. 원하는 바를 이루지 못한 줄 알았으나 결국 널 만나게 되었구나."

"……."

"강호의 은원을 해결할 때까지 집안은 잊어라. 최소한 어떤 외압에도 지킬 힘이 있다는 것을 믿어라."

"소자, 그리하겠습니다."

"너는 내게 있어 소중한 존재다. 목숨을 중히 여겨야 할 것이다. 더불어 다른 이의 생명도 귀하다는 것을 명심하여라."

"소자, 잠시 잊은 적이 있었습니다. 하지만 지금은 아닙니다."

"가문이 하는 일이 무엇이더냐?"

"대대로 재물로 사람을 이롭게 하는 일입니다."

"잊지 말거라. 너의 소중함이, 너에 대한 그리움이……. 너를 잃게 되는 아픔이, 가문이 복수를 위해 강호의 피를 찾게 해선 안 될 것이다."

"…네."

"십 년의 기한은 아직 많이 남아 있구나. 아버지껜 안부 전하마."

영호선이 흠칫 어깨를 떨고 다급히 말했다. 이대로 가시려 한다는 것을 알 수 있었다.

"어머니……."

얼굴이라도, 라는 말이 차마 떨어지지 않았다. 어머니께서 한 번 품은 생각은 뒤바뀔 수 없다는 것을 영호선은 누구보다 잘 알고 있었다.

가마 안에서는 곧바로 음성이 나오지 않았다. 망설이고 계신 것 같았다.

그러나 이윽고,

"가자."

그 말이 떨어지기 무섭게 가마가 들렸다.

백노가 영호선을 돌아봤다.

측은함과 아쉬움이 얼굴에 가득했다.

백노가 고개를 살짝 숙였다.

영호선이 멍하니 그런 백노를 바라봤다.

백노가 짧게 외쳤다.

"진(進)!"

가마와 백노가 순식간에 시야에서 멀어져 갔다.

잠마가 고함을 내지르며 가마를 쫓아갔다.

'엄마, 같이 가요. 도대체 이게 뭐야? 이런 경우가 도대체 어디 있어!'

항마는 떠나는 가마를 향해 넙죽 절을 올렸다.

'소자, 어머니의 뜻을 마음에 새기고 훗날 찾아뵙겠습니다.'

영호선은 이러지도 저러지도 못하고 엉거주춤 선 채로 눈만 깜박거렸다. 쫓아가는 잠마가 부럽기도 하고, 태연히 현실을 받아들이는 항마가 희한하기도 했다.

분명히 뵙게 되면 이리할 것이란 생각을 했지만 막상 닥치고 보니 어안이 벙벙했다.

만약 영호선이 과거의 군자검이었다면 전혀 어리둥절하진 않았을 것이리라, 지금의 항마처럼.

과거의 군자검이 된 것은 천성이 태반이겠으나 어머니의 가르침 또한 차지하는 바가 컸다.

약자를 돕고, 생명을 소중히 여기고, 하찮은 미물이라 할지라도 그 속에서 천지간의 배움을 얻고, 신의를 목숨처럼, 선의를 행함에 온 정성을 다하고, 그런 가운데 불의한 자를 응징할 수 있어야 한다고 했다.

그러나 무의식의 완전한 본성, 그 안의 마성체인 잠마의 행동이 그 어느 때보다 부럽고, 당연하게 다가왔다. 잠마는 흐릿할 정도로 가마를 따라가고 있었다. 영호선의 마음도 지금은 잠마와 같았다.

영호선은 두 손을 입에 모아 크게 외쳤다.

"어머니~ 곧 찾아뵙겠습니다!"

하지만 이성의 짓누름에 그 소리는 목에 걸려 입만 크게 벙긋거렸다. 크게 작별을 고할 수도 없는 현실. 들릴 만큼 내공을 모아 소리를 치기엔 화산이 염려스러웠다.

이내 영호선은 항마 곁에 무릎을 꿇고 절을 올렸다.

第八章
빙화
第八章

潛魔劍仙

잠마검선

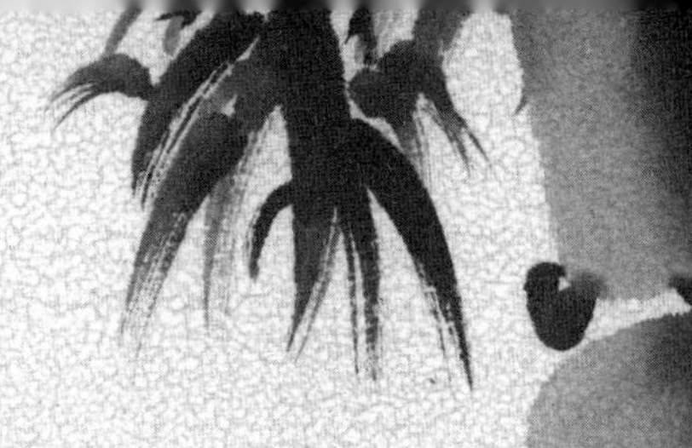

　어머니를 태운 가마는 사라진 지 오래였다. 하지만 영호선은 여전히 엉거주춤 서 있었다.

　그저 눈만 끔벅거리는 것이 전부였다.

　항마는 깊은 생각에 잠겨 교교히 흐르는 달을 바라보고 있었고, 잠마는 항마와 영호선 주위를 미친 듯 돌면서 괴성을 질러댔다.

　'으아아악! 금마! 금마! 이 쥐새끼 같은 놈! 내 너를 쳐죽이지 않으면 영호선이 아니다. 네놈 때문에 어머니도 못 뵙고, 이 무슨 처량한 신세란 말이냐! 내가 무슨 일이 있어도 네놈

창자를 꺼내 햇빛에 잘 말린 다음에 굶주린 개방 거지들에게
던져 주고 말겠다. 으아아아악!'

영호선은 잠마를 보며 입을 쩝쩝 다셨다.

'부럽구나, 이 자식아!'

하나이지만 셋이라고도 할 수 있는 자신.

이 순간만큼은 잠마가 가장 인간다웠다.

여러 가지 얽매임이 없이 그저 마음 가는 대로 행동하고 말
하고 있었다.

반면 항마는 속을 알 수가 없었다.

속으로 이를 갈고 있는지, 아니면 그저 어머니의 말씀을 순
응하며 되새기고 있는지.

영호선은 그 가운데 끼어 있었다.

이러지도 저러지도 못했다. 그저 멍청하게 서 있는 자신의
모습이 한없이 답답하고 한심스러웠다.

항마가 영호선의 어깨에 손을 올렸다.

'복잡하게 생각하면 한없이 복잡해집니다. 지금은 마도의
간계를 깨뜨리고 오해를 밝혀내는 데 힘을 기울여야 할 때입
니다. 어머니의 믿음에 보답해야지요.'

잠마가 소리쳤다.

'이 새끼야, 군자검이라서 좋겠다. 그렇게 혼자 잘난 척하
려거든 꺼져 버려.'

항마는 아무 말도 하지 않았다.

영호선은 길게 한숨을 내쉬었다.

"휴우……."

나는 무엇일까?

나는 무엇이 되어야 하는 것일까?

나는 어떤 모습이어야 하는 걸까?

영호선이면서 다른 두 명의 영호선을 지켜봐야 한다.

그리고 이젠 또다시 영호선이면서도 영호선이 아닌 얼굴이 되어야 한다.

그다음엔 영호선인 척하는 놈을 잡으러 가야 한다.

'도대체 이게 뭐냐. 복잡하구나, 복잡해……'


'이 씨발새끼야, 그냥 좀 가자고.'

'그럴 수 없습니다.'

영호선이 나직이 말했다.

"잠마, 닥쳐라. 방관도 살인이야!"

'에혀, 염병할, 협객 납셨네.'


＊　　　＊　　　＊


"둘째 형님, 그럴싸해 보이는 식사로군요."

"식사는 했지 않느냐?"

"허허, 형님도 참. 농담이 왜 이리 썰렁하십니까?"

"크크, 일단 겉으로 보기엔 맛나 보이긴 하구나."

"기왕이면 다홍치마라는 말도 있잖습니까? 겉포장이 고우니 그만큼 미색을 겸비했을 겁니다."

"네 말을 들으니 군침이 도는구나. 넌 벌써 침을 흘리는 거냐?"

"흐… 그냥 막 고여 버리는군요."

섬서사악 중 둘째와 셋째는 마차를 바라보고 있었다.

아니, 정확히는 마차 안의 여인이었다.

마차는 고급스러웠고, 유람하듯 천천히 진행하고 있었다.

마차를 모는 마부는 유순해 보이는 평범한 중년인이었고 주변에 호위무사는 보이지 않았다.

물론 마부의 얼굴이 흉측하고, 호위무사가 곁에 있다고 해도 섬서사악은 상관없었다.

섬서에서 섬서사악이라는 이름을 듣고 얼굴색이 변하지 않는 인물은 없었기 때문이었다.

이들이 침을 흘리며 마차의 화려함에 대해 이야기했지만 사실 그 안의 꽃도 본 터였다. 비록 먼발치에서였으나 여인이 잠깐 마차에서 내려 꽃을 따는 모습을 목격했기에 흘리는 침의 양은 많아질 수밖에 없었다.

“대형! 명을 내려주십시오. 배가 몹시 고프군요.”

둘째 운하독이 말했다.

섬서사악 중 대형인 주진악이 비릿하게 웃었다.

그도 역시 꽃을 꺾는 맛은 야생화가 제격이라고 생각했다. 기루의 꽃은 흥분조차 일지 않았다. 지금은 서쪽 하늘이 붉게 물들어 석양이 지는 만큼 제법 운치도 있었다.

“클클, 꽃이 벌을 부르니 날아가는 수밖에. 가라!”

주진악의 말이 떨어지길 침을 흘리며 기다리던 둘째부터 넷째까지 신형을 날렸다.

천천히 앞서가던 마차를 쫓아 마차가 눈앞에 보이자 넷째 장보귀가 단번에 도약해 허공을 세 바퀴 돌더니 마부 곁에 내려앉았다.

중년의 마부는 느닷없이 옆자리에 사람 하나가 앉아 있자, 기겁을 하며 더듬거렸다.

“누, 누구요?”

“그게 중요해?”

“네?”

넷째 장보귀는 한쪽 입꼬리를 슬쩍 들어 올리고는 마부로부터 고삐를 잡아챘다.

퍽!

장보귀가 발로 마부의 옆구리를 걸어찼다.

“으아악!”

마부가 비명을 내지르며 마차 밖으로 떨어져 다섯 바퀴를 구르고는 사지를 늘어뜨렸다.

“적당한 곳에 세워라.”

소리가 난 곳은 마차의 지붕 위였다.

어느샌가 둘째와 셋째가 서 있었다.

넷째 장보귀는 뒤도 돌아보지 않고 말했다.

“알아 모시겠습니다. 그나저나 둘째 형님, 음식 상태는 어떻습니까?”

대답은 셋째의 입에서 나왔다.

“아직 개봉 전이야.”

“아, 이거 음식 구경하고 싶어 미치겠군요.”

“클클, 원래 진미는 시간이 걸리는 법이지.”

그때 마차 안에서 뾰족한 고함 소리가 터져 나왔다.

마부가 나가떨어지고, 이어 낄낄거리는 소리가 들리자 비로소 위험을 깨달은 것 같았다.

“꺄악! 누구세요? 제발 살려주세요!”

“유후, 목소리 좋고!”

넷째가 탄성을 내질렀다.

“살려주세요, 누구 없어요? 도와주세요~”

애처로운 여인의 목소리가 계속 이어졌다.

그 애처러움이 섬서사악을 더욱 자극했다.

"아주 간드러지는구만."

"헐, 이거 벌써 흥분되네."

"몸이 아주 녹는구나, 녹아. 이봐, 여자! 더 소리쳐 봐."

여인이 더욱 크게 소리질렀다. 어찌나 간절한지 섬서사악은 자신들이 납치극을 벌이지 않고 이 음성을 들었다면 구해 주고 싶은 마음이 생겨났을 것이라고 생각할 지경이었다.

"야, 이럴 때 떡 하니 협객이 나타나야 하는데 말씀이야."

"크크, 그렇죠. 악당도 물리치고, 여자도 품에 안고. 캬아, 차라리 이 길로 협객이나 할깝쇼?"

"킬킬킬… 그럴까나?"

"그러고 보면 협객이란 놈들은 좋겠어. 임도 보고 뽕도 따고. 사실이 그렇잖아. 원래 사람이란 게 공포에 질려 있을 때 판단력을 잃고 사랑에 빠지기 쉬운 법이니까. 그렇다 보니 얼굴이고 뭐고 볼 것도 없이 마음과 몸을 다 줘버린다고."

"흐흐, 그래서 이 협객이란 놈들이 삼첩, 사첩 줄줄이 거느리는 모양입니다."

"내 말이. 협객 놈들 좋겠다. 하하하하……."

"크하하하하……."

둘째와 셋째가 서로를 마주 보며 웃어젖혔다.

"형님들, 말이 씨가 되었습니다만."

마차를 모는 넷째였다.

“응?”

“협객입니다. 근데 좀 이상하네요.”

이미 둘째와 셋째도 전면을 응시하고 있었다.

둘의 눈동자가 휘둥그레졌다.

“뭐, 뭐냐?”

“저거 협객 맞아?”

약 이십여 장 앞으로 거짓말처럼 한 사람이 서 있었다.

길은 외길이었기에 마차를 가로막으려는 의도가 명확했다.

석양을 등진 모습은 꽤 멋있어 보였다. 절로 ‘오오오~’ 하는 감탄사를 터뜨려도 될 만했다. 하지만 섬서사악은 감탄사 대신 미친 듯이 폭소를 터뜨렸다.

“으하하하하!”

“크하하하하!”

“아이고, 나 죽네, 나 죽어.”

덕분에 마차가 달리는 속도는 현저히 늦춰졌다.

그들은 새로운 형태의 협객상을 보고 있었다.

통통한 몸매의 중년 여인이었다.

양손을 허리에 척, 하고 올려놓고, 다리는 어깨너비보다 훨씬 넓게 벌려 과하다 싶을 정도였다.

하지만 표정만큼은 당당하기 이를 데 없었다.

쌍심지를 돋우고 눈을 부라리고 있었다. 굳게 다문 입술도 결코 물러서지 않겠다는 각오가 여실히 드러났다.

나름 격식을 갖추려 했는지 등 너머로는 검이 매어져 있었지만 도저히 긴장할 수 없는, 어떤 면에서는 상당히 귀엽기까지 한 모습에 조금은 공포에 질린 표정이라도 지어주고 싶었지만 그것조차 힘이 들었다.

의기는 높이 살 만했다. 하지만 그뿐.

의협을 실현하려는 의도와 현실의 몸상태는 지나칠 정도로 어긋나 있었으니까.

중원에 여고수가 어디 한둘이겠는가.

그러나 숫자를 논하기 전에 먼저 수준을 따져야 할 일이었다. 감히 자신들의 명성을 위협할 정도의 여고수는 만나고 싶어도 쉽게 만날 수 없는 것이 강호의 현실이었다.

그리고 지금껏 저런 수더분한 여고수가 있다는 말은 들어본 적도 없었다.

"어이 이봐, 밥하다 말고 왜 나왔어? 크크크……."

"애들은 잘 키우고 있는 거야?"

"이야, 그래도 가슴은 빵빵한데. 넷째 취향이잖아!"

"형님, 아무리 형님이라도 말씀을 가려서 해주십시오. 제 입맛도 꽤 까다롭단 말입니다."

"귀여운데 왜?"

"농담은 그만하시고 어찌할깝쇼?"

둘째가 명을 내렸다.

"뭘 물어, 그냥 밟아."

그 말에 마차 안에서 여인이 비명처럼 소리를 질렀다.

"안 돼!"

그러나 신임 마부가 된 넷째는 그 말을 '더욱 속도를 높여!'로 알아들었다. 채찍이 허공을 가르며 네 필의 말 등에 떨어졌다. 마차의 속도가 급격히 빨라졌다.

두두두두두…….

순식간에 마차가 중년 여인을 향해 짓쳐들었다.


                    *        *        *


아쉬운 작별 후, 영호선은 상주로 향했다.

원래의 계획이야 감숙성으로 내달려 잠마원에서 사부를 찾는 것이었지만 가짜 놈이 설치고 있는 위치를 확인한 이상 한시라도 두고 볼 수 없는 노릇이었다.

화산의 매화검수들보다 더 빨라야 했고, 그 목적에 부합될 만큼 영호선은 쾌속하게 신법을 전개했다.

약초를 캐는 노인을 지나칠 때는 등 뒤로 약초꾼의 '뭔 바람이 갑자기 불어오나' 라는 말을 들었을 정도로 전력을 기울였다.

그렇게 이틀이 지났을 때, 예기치 못한 문제가 발생했다.

도심을 피해 산야를 관통하듯 달리다 보니 간간이 산적 무리를 만나게 된 것이다.

그들이 만약 아무 짓도 하지 않고 그저 지나는 길이었다면 영호선은 관심조차 기울이지 않았겠지만 약탈의 현장만큼은 쉽게 지나칠 수가 없었다.

굳이 어머니로부터 생명을 소중히 여기라는 말씀을 듣지 않았다 해도 그건 묵과하기 힘들었다.

항마칠단의 죽음이 자신에게 아픔이었던 만큼 또 다른 죽음을 못 본 체할 수가 없었다. 힘이 있으면서도 방관하는 것은 그 자체로 살인인 까닭이었다.

비록 시간을 지체하는 일이긴 했지만 영호선은 닥치는 대로 때려눕히고 발길을 재촉했다.

그리고 지금 눈앞으로 마차가 짓쳐들고 있었다.

영호선은 두 발을 벌리고 당당히 섰다.

척, 하고 허리에 손도 올렸다.

영호선은 히죽 웃고 나직이 중얼거렸다.

"그래, 바쁘니까 어서어서 와라."

　　　　　*　　　　　*　　　　　*

　말의 콧김이 통통한 영호선의 전면에 쏘아질 지경에 이르 렀을 때, 섬서사악의 넷째는 과장되게 슬픈 표정을 지었다.

　'쯧쯧, 이거 간덩이가 부은 거야, 아니면 모자란 거야? 혹 시 정신병인가?'

　객기의 결과는 피떡일 뿐이었다. 집에서 기다리고 있을 자 식새끼들이 불쌍하지만 어쩔 수 없었다. 어차피 집으로 돌아 가 봐야 애들은 돌보지 않을 테니 그냥 깔끔하게 말발굽에 밟 혀 죽는 것도 나쁜 것은 아니리라.

　그 순간이었다.

　팟!

　영호선의 몸이 솟구쳐 올랐다.

　"오호!"

　넷째는 탄성을 내질렀다. 한 수가 있었다. 그렇다면 그에 따라 마주 인사를 건네야 하는 것이 인지상정. 넷째는 손을 번개같이 뿌렸다.

　좌악!

　극쾌의 발검!

　눈부신 검광이 번쩍였다.

　피떡보단 두 조각이 고통도 없고, 깔끔하고 낫지. 넷째는 어떤 의심도 하지 않았다.

서걱!

사과를 양쪽으로 잘라내는 것과 비슷한 음향.

그와 함께 살과 함께 뼈마디가 단번에 잘려 나가는 손맛!

살을 벨 때는 공기를 벤 듯하지만, 뼈를 가르고 지날 때면 두부를 자르는 미세한 느낌이 남는다. 검을 거둠에 있어서는 한 줌의 진기의 여분을 남겨 검에 묻은 피를 털어낸다.

그러나 넷째는 비릿하게 웃어야 할 대목에서 경악성을 터뜨렸다.

"헉!"

서걱이란 소리 대신 휙, 하며 쾌검이 허공을 그으며 공허히 지나갔다.

찰나적으로 검광 위로 중년 여인의 두 발이 보였다.

'뭐지?

분명히 솟구치는 것을 보고 그 속도를 감안하여 발검했었다. 그런데 일순간 상상할 수 없는 가속이 그 시간의 틈바구니를 훌쩍 건너뛰듯 검광을 벗어난 것이다.

넷째는 황급히 고개를 돌렸다.

툭, 타탁, 퍽!

격타음이 이어졌다.

중년 여인이 셋째 형님과 둘째 형님을 향해 연거푸 세 번

발길질을 날린 후, 마차 후면으로 떨어져 내리는 것이 보였
다.

형님들은 당한 것은 아니었지만 얼굴 가득 놀라는 기색이
역력했다.

넷째는 마차를 세웠다.

히이이잉!

급히 고삐를 잡아당긴 탓에 말들은 앞발을 높이 치켜들고
멈춰 섰다.

넷째는 신형을 훌쩍 솟구쳐 마차의 지붕 위로 올라 형님들
과 합류했다.

방금 전까지 희희덕대던 세 사람이었지만 지금은 엷은 미
소조차 짓지 않았다.

사람이란, 외형이 어떻든 본신의 재주를 알게 되면 그 사람
을 달리 평가하게 마련. 그러한 이치는 무림이 더하면 더했
지, 못하지 않았다. 외눈에, 절름발이라 할지라도 그의 무공
이 높다면 그는 더 이상 불쌍한 자도 아니고, 조롱받을 대상
도 아닌 것이다. 그저 한 명의 고수 그 이상도 그 이하도 아니
게 되는 것이다.

수더분하고 통통하며, 주근깨투성이의 얼굴을 한 중년의
여인은 더 이상 우스꽝스럽지 않았다. 어떤 면에선 주근깨 하
나조차 무공과 관련해 어떤 사연이 있을 것처럼 느껴졌다.

중년 여인이 씨익 웃는 것이 보였다.

섬서사악은 그와 반대로 쓰게 웃었다.

인식이 달라진 탓에 마차의 뒤편에 내려선 채 슬쩍 웃는 것
조차 자신감을 여실히 드러내는 것 같았다. 이미 서로는 한
수를 나누었다. 일체의 긴장감도 없이 미소를 띨 수 있다는
것은 그리 쉬운 일이 아니었다.

석양은 더욱 짙게 붉은 광채를 대지 위에 뿌렸고, 마차 위
의 세 사람과 중년 여인도 석양에 붉게 물들었다.

"실력이 괜찮군."

둘째가 허리춤에 걸린 채찍을 손에 쥐며 말했다.

셋째도 양손에 낫을 잡았다.

넷째는 검을 도로 넣고, 오른손을 왼쪽 소매에 넣었다.

중년 여인이 한쪽 입꼬리를 올리는 것이 보였다.

오동통한 볼살이 도드라졌다.

"네놈들은 별로더라. 뭐 하냐? 덤비지 않고. 이 누님이 아
주 많이 바쁘거든. 그래서 한 명씩 손을 봐줄 수 없을 것 같
아. 괜히 엄한 말로 시간 끌 생각 말고 한꺼번에 덤벼라. 알겠
지? 쓸데없이 별호나 이름 그딴 건 제발 좀 물어보지 말고.
자, 어여 와!"

여인의 음성은 자다가 막 일어나 목이 잠긴 상태에서 말하
는 듯했다.

둘째가 웃음을 터뜨렸다.

"하하하, 그런가? 재밌군, 재밌어. 아주 재밌는 년이야."

"년? 이런 염병할 새끼들!"

중년 여인, 아니, 영호선이 발끈하더니 이내 신형을 날렸다.

그와 동시에 섬서사악이 흩어졌다. 정확히는 마차 위로 둘째만 남기고, 셋째와 넷째는 각기 좌우로 신형을 날린 것이었다.

슈슉!

넷째가 소맷자락에 넣은 손을 뿌렸다.

두 줄기 빛이 영호선을 향해 날아갔다.

'죽어라!'

한 쌍의 흑표월!

얼마나 많은 이들이 흑표월 아래 싸늘한 시체가 되었는지 모른다. 그리고 이제 한 명이 더 추가되는 순간이기도 했다.

묵빛을 띤 초승달 형태의 흑표월이 달빛 조각처럼 날아갔다. 끝이다. 만에 하나 피한다 해도 그 찰나 셋째 형님의 쌍겸이 몸뚱이에 구멍을 뚫을 터였다.

그리고 마지막으로 둘째 형님의 채찍, 추룡편이 모가지를 휘감는 순간 머리는 몸과 아쉬운 작별 인사를 고해야 할 것이다.

비록 정체불명의 여자가 한 수를 보이긴 했지만 그뿐이었다. 섬서사악이 진심으로 대하면 어떻게 되는지 똑똑히 보여 줄 필요가 있었다.

그 후엔 눈알을 도려내고, 얼굴 가죽을 벗기든 다양한 선택이 남아 있을 따름이었다.

그때였다.

영호선의 신형이 기이하게 뒤틀렸다.

그녀는 마차를 향해 신형을 솟구친 상태였는데 허공이 마치 물속이라도 되는 것처럼 꿈틀하며 몸을 틀었다.

쉭, 쉭!

머리를 조준한 흑표월은 옆구리를 아슬아슬하게 스쳐 지나갔고, 옆구리를 겨냥한 흑표월은 여인의 머리카락 끝단을 살짝 자르고 날아갔다.

잘린 머리카락은 떨어져 나감과 동시에 연기처럼 사라졌지만 그 누구도 그것을 본 사람은 없었다.

그사이 셋째가 영호선의 오른쪽 가슴을 낫으로 찍었다.

이때 영호선은 물뱀이 꿈틀대다 한순간 위로 솟구치듯 다시 치솟고 있는 순간이었다.

셋째가 쾌재를 불렀다.

'걸렸다.'

넷째의 흑표월을 피하느라 생긴 그 틈은 찰나에 불과했지만 셋째에겐 거대한 표적과 다를 바 없었다.

그러나 그러한 희망도 잠시.

영호선이 가공할 속도로 내리찍는 낫의 면을 향해 검지 손가락을 한차례 튕겼다.

팅!

맑은 음색과 달리, 셋째는 낫을 쥔 손이 찢어질 듯 아파 더 이상 낫을 뻗을 수가 없어 뒤로 물러났다.

그와 동시에 둘째가 영호선을 향해 채찍을 휘둘렀다.

쉬르륵!

그러나 둘째는 채찍을 휘두른 순간 이미 알고 있었다, 이 공격이 아무런 의미가 없다는 것을.

셋째와 넷째를 지나치게 믿고 있었다.

기본적으로 채찍은 일정 거리를 유지한 상태가 가장 바람직했다. 그러나 상대는 어느새 공격 범위 안쪽으로 깊숙이 진격했고, 그것은 바로 자신의 눈앞이기도 했다.

핏!

"흡!"

둘째는 심장이 멎는 것 같았다.

어느새 단전에서 세 치 위에 있는 마혈을 영호선이 정확히 찍은 까닭이었다.

이때까지의 상황은 실은 복잡하기 이를 데 없는 수법들이 동원된 섬서사악의 필살의 합공이었지만 실제로 그 이루어짐은 눈을 한 번 깜박이는 순간도 되지 않았다.

만약 평범한 사람이 이 광경을 지켜봤다면 그로서는 중년 여인의 신형이 삼 장 너머의 땅에 선 자세 그대로 마차 위까지 아무런 방해도 받지 않고 올라온 것으로 생각했을 터였다.

단지 그 중간에 두 개의 빛살이 스쳐 지나가고, 접근하던 다른 한 사람이 낫을 찍으려다 스스로 몸을 뒤로 빼 물러나는 것이 마치 중년 여인의 움직임을 방해하지 않으려고 물러섰구나, 라고 생각했을 정도였다.

셋째와 넷째는 망설일 틈이 없었다.

비록 자신들의 절초를 단번에 막아내면서도 마차 위까지 오른 것이 얼마나 고매한 수법인지 분명히 알 수 있었지만 지금 기회를 놓치면 죽음뿐이었다.

셋째가 신형을 솟구쳐 쌍겸을 찍었다.

넷째는 검을 쏘아갔다.

이때 영호선은 막 둘째의 마혈을 제압한 상태였다.

한순간 영호선이 둘째를 잡고 확 돌려세웠다.

둘째가 비명을 내질렀다.

"으아악!"

그는 마혈이 찍힌 채로, 전에는 한 명의 인간이었지만 지금은 두툼하고 긴 무기가 되어버렸다.

"으헉!"

셋째가 낫으로 쪼개려다 순간 눈앞에 둘째 형님이 나타나자 서둘러 낫을 회수하고 물러섰다.

"비열한 년, 이게 무슨 짓이냐!"

이내 넷째도 검끝이 둘째 형님에게 닿으려 하자 서둘러 검로를 바꾸었다.

슈웅! 슈웅!

영호선은 그 여세를 몰아 새로운 무기를 마구 휘둘렀다.

가히 보검이 따로 없었다. 어떤 무기도 새로 얻은 보검에 닿는 것을 꺼려했다.

"호호호, 만병지왕은 검이 아니라 사람이로군."

말과 함께 영호선은 오랫동안 사용해 왔던 독문병기인 양 자연스럽기 이를 데 없이 휘두르고, 한 바퀴 돌린 후, 쭉 뻗는가 하면, 다리를 공격할 양으로 다리를 잡고, 땅을 스치듯 휘저으며 마음껏 보검을 활용했다.

셋째와 넷째는 공격을 하자니 여차하면 둘째 형님의 몸에 구멍이 날 판인지라 제대로 공격다운 공격을 할 수가 없어 당혹을 금치 못했다.

그러나 정작 환장할 것 같은 사람은 둘째였다.

순식간에 하늘과 땅이 바뀌고, 천지가 빙글빙글 도는데 그 속도가 무시무시하여 이미 그의 얼굴은 새하얗게 질려 버린 상태였다. 땅바닥을 쓸듯 휘둘릴 때는 뒤통수가 끌려 머리가 타들어가는 것 같았다.

"으아아아악… 살려줘~"

둘째의 참담한 비명 소리에 셋째와 넷째는 머리가 어떻게 되어버릴 것 같아 이내 손발이 어지러워지고 말았다.

이윽고, 둘째의 머리가 셋째의 어깨를 강타했고, 곧 한 바퀴 돌려진 다음에는 넷째의 경동맥 부위에 다리가 직격했다.

"크윽!"

"으윽!"

영호선은 무기를 내던지고 셋째와 넷째의 마혈도 순식간에 제압해 버렸다.

세 사람으로서는 정말 어처구니가 없는 결과가 아닐 수 없었다.

처음 그들은 중년 여인을 한낱 정신병 환자 정도로 취급했었거늘 정작 드러난 결과는 여인의 손아귀에 목숨이 붙들린 것이다.

이 결과를 보기까지 고작 걸린 시간은 채 일각조차 지나지 않았으니 정녕 세 사람으로서는 이 상황이 꿈이 아닌가 싶을 정도였다.

영호선은 널브러져 있는 세 사람을 끌어모아 어깨가 닿을 정도로 나란히, 그리고 반듯하게 눕혔다.

'뭐, 뭐지?

세 사람이 동시에 그런 생각에 사로잡혀 있을 때였다.

영호선이 버럭 소리를 질렀다.

"계속 시끄럽게 할래! 아직 여유가 있으니까. 제발 좀 닥쳐라."

세 사람은 흠칫 몸을 떨었다.

그들은 이 해괴한 몸매의 여인이 자신들의 옆쪽, 아무도 없는 허공을 향해 삿대질을 해대고 있는 것을 보고 말았다. 맹세컨대 그곳엔 아무도 없었다. 아무래도 이 여인의 상태가 정상 같지 않았다.

'뭐, 뭐냐?'

'서, 설마……'

둘째와 셋째가 눈을 부릅떴다.

그 설마라는 염려를 넷째는 정확히 떠올렸다.

'겁탈당해 버려……'

부르르르…….

세 사람은 약속이나 한 듯 몸을 떨었다.

나란히 눕혀놓을 때부터 수상하다 싶었다.

꽃에 꿀을 따려다 독을 머금은 꽃에 벌이 당한 꼴이었다.

"음, 어떻게 한다……"

세 사람은 여인의 달싹거리는 입술을 보며 그만 상상하고 말았다.

'어, 어떻게?'

어이없게도 이 여인은 어떻게 겁탈하는 것이 좋을지를 고민하고 있었다. 섬서사악 생애에 이런 치욕스러운 날을 맞게 될 줄이야.

결국 참지 못하고 소리를 내질렀다.

"차라리 우릴 죽여라."

"미친년에게 당할 것 같으냐!"

"협객이면 협객답게 행동해!"

영호선은 고개를 갸웃했다.

"나, 협객 아닌데?"

세 사람은 이를 악물었다. 이젠 대놓고 본색을 드러내고 있지 않는가.

둘째가 외쳤다.

"흥, 실컷 기고만장해라. 곧 대형께서 오시면 넌 죽은 목숨이니까."

영호선이 물었다.

"아! 한 명 더 있었나 보네? 혹시 청의에 옆구리 양쪽에 수레바퀴 모양의 쇳덩어리를 찬 사람?"

둘째가 눈을 부릅떴다.

청의라면 흔할 수 있으나 수레바퀴라고 칭했던 것은 형님의 독문병기인 쌍륜이었다.

"넌 대체 누구냐? 어떻게 대형을 알고 있지?"

"저기 도망가는데? 엄청 빠르네. 발이 안 보일 정도야."

"이런 씨팔!"

"주진악, 이 개자식아! 네놈이 그러고도 우리의 형님 노릇을 했단 말이냐! 우린 지금 강간당하게 생겼는데!"

둘째와 셋째가 욕을 내뱉었다.

넷째도 이를 갈았다.

"개자식, 음식 먹을 땐 제일 먼저 먹더니 우리가 무슨 꼴을 당한 줄 뻔히 보고서 도망치다니……."

영호선이 인상을 찡그렸다.

"누가 누굴 강간한다는 거냐! 그런데 음식이라니? 혹시 여자?"

넷째가 대답했다.

"그, 그렇다."

영호선은 인상을 찡그렸다.

흉악한 놈들인 줄은 짐작했지만 아주 질이 나쁜 놈들이었다.

'도망친 놈도 잡아야 하는 거 아냐?'

잠마가 고래고래 소리를 질렀다.

'작작 좀 하라고 이 새끼야!'

항마도 반대하고 나섰다. 그러나 잠마와는 이유가 달랐다.

'마차 안에서 두려움에 떨고 있을 소저를 홀로 두고 쫓는

건 무리가 아닐는지요.'

항마의 말이 옳았다. 두려움에 질려 있을 여인의 마음을 안정시키는 것이 중요했다.

'일단 여자를 안심시키고, 마부를 찾아 길을 떠나도록 해야겠다.'

세 놈은 혈도를 찍었으니 그 후 생사를 결정하면 될 일이었다.

영호선이 마차를 향해 말했다.

"소저, 이제 염려놓으세요. 흉악한 적들은 모두 제압되었답니다."

마차 안에서 안도의 한숨이 옅게 새어나온 후, 목소리가 들렸다.

"어떻게… 감사를 드려야 할지… 잠시 안으로 드시지요."

"그럴까요."

오는 길에도 몇 번인가 이런 일을 하였기에 영호선은 당연하다는 듯 마차 문을 열었다.

그순간.

영호선은 굳어버리고 말았다.

'헉!'

잠마와 항마도 어깨가 흔들릴 만큼 경악성을 내질렀다.

마차 안에는 한 여인이 다소곳하게 앉아 미소를 짓고 있었다.

*　　　*　　　*

망설일 것이 없었다.

섬서사악의 첫째, 주진악은 단 한 번도 뒤돌아보지 않고 두 발을 부지런히 놀렸다.

그는 언제나 그랬던 것처럼 아우들을 먼저 보낸 뒤, 느긋하게 그 뒤를 따르던 중이었다.

그러다 협객 노릇을 한답시고 가끔씩 튀어나와 객기를 부리는 사람들마냥 이번에도 한 사람이 마차를 가로막고 선 것을 보았다.

아우들의 웃음소리가 크게 들렸고, 자신도 그만 참지 못하고 웃음을 터뜨리고 말았다.

혈혈단신으로 막으려 한 모습이, 다른 때 같았으면 비웃음으로 그치고 말았을 테지만 이번에 등장한 인물은 진심으로 웃기는 작자였다.

혹시나 하는 염려조차 없었다. 보잘것없는 자에게 손을 쓰기 위해 무공을 갈고닦은 것이 아니었다.

그러나 그의 웃음은 차츰 옅어졌고, 이내 돌처럼 굳어진 데까지는 채 일각이 걸리지 않았다.

주진악은 자신에게 질문을 던졌다.

과연 나라면 세 아우를 상대할 수 있을 것인가?

답은 그렇다였다.

그러나 곧 또 다른 답이 튀어나왔다.

'아주 아주 힘들게.'

그에겐 일각 이내에 세 아우를 제압할 능력까지는 없었다.

그리고 결전을 마무리했을 때는 최소한 팔 하나 정도는 몸에서 떨어져 나가고 없을 터였다. 저렇듯 유유히 세 아우를 상대한다는 것은 곧 자신이 나선다고 해도 달라질 것은 아무것도 없음을 의미했다.

주진악은 세 아우와 함께한 시간이 적지 않았지만 그렇다고 자신의 목숨보다 세 아우를 더 소중히 여긴 적은 한 번도 없었다.

둘째가 제압당했을 때, 셋째와 넷째도 도망쳐야 옳았다.

한데 놈들은 기회를 잃었다.

그때 주진악은 적과 눈이 마주쳤다.

멀찌감치 떨어져 있었음에도 불구하고 중년 여인은 거기서 뭐 하고 있냐는 듯 빤히 바라보았다.

그때부터 달리기 시작했다.

아우들이야 또 만들면 되는 것이다. 하지만 목숨은 여분이 없었다.

쉭, 쉭, 쉭!

바람을 일으키며 혼신의 힘을 기울여 경공을 펼쳤다.

그는 안도의 웃음을 흘렸다.

"흐흐흐……. 미안하다만… 내가 오래오래 살면서 네놈들 몫까지 희락을 즐기……."

그는 말을 잇지 못했다.

달리는 중에 그는 보고 말았다.

석양을 등지고 달리는 그의 눈에 들어온 건 그림자였다. 하나 거기엔 치명적인 문제가 있었다. 자신의 그림자 옆에 너울너울 한 개의 그림자가 드리운 것이다.

그때 목소리가 나직이 울렸다.

"흠, 내 몫이 아닌가. 그냥 돌아가는 게 좋겠군."

그건 마치 귓가에 대고 속삭이는 것 같았다.

주진악은 등골이 오싹해져 이내 공중으로 도약하여 두 바퀴 제비를 돈 다음 등 뒤쪽이 전면으로 오게끔 내려앉아 사방을 둘러보았다.

"헉!"

아무도 없었다.

그림자는 다시 하나로 줄어 있었다. 귓가에 전해진 음성이 아직도 맴도는 것 같거늘 사람은 아무리 찾아도 찾을 수가 없었다.

그때였다.

달리던 방향 쪽으로부터 기척이 나는가 싶더니 순식간에 여덟 명이 모습을 드러냈다.

백발이 성성한 노인 한 명에 이십대 중반에서부터 사십 중반가량까지 섞인 검수들이었다. 등 뒤로 일정하게 검을 맨 상태였다.

그들도 뜻하지 않게 조우한 탓인지 신형을 멈추었다.

주진악은 주춤 뒤로 물러섰다.

그는 이들 중 한 명을 만난 적이 있었다.

그가 신음하듯 중얼거렸다.

'종남…….'

잘못 본 것이 아니라면 이들은 종남파의 태을검수들이 틀림없었다. 삼 년 전, 섬서사악은 종남의 태을검수 두 명과 맞닥뜨렸고, 당시 동수를 이루며 간신히 물러난 바 있었다. 지금 눈앞에 그중 한 명이 있는 것이다.

순간 주진악은 방금 전 귓가에 울리던 음성을 떠올렸다.


"흠, 내 몫이 아닌가. 그냥 돌아가는 게 좋겠군."


그림자는 종남이 다가오는 것을 알고 있었단 말인가.

하지만 주진악의 상념은 더 이상 이어지지 못했다.

종남의 태을검수 중 한 명이 목소리를 높여 외친 탓이었다.

"이자는 섬서사악의 첫째인 주진악입니다."

"섬서사악?"

노인이 물었지만 그건 답을 원하는 물음이 아닌 스스로 되짚어보는 것 같았다.

그가 말했다.

"종남, 척살하라."

종남의 태을검수들이 일제히 검을 날렸다.

＊　　　＊　　　＊

'도대체 이게 무슨……'

영호선은 숨이 멎는 것 같았다.

여인, 아니, 소녀라고 해야 옳았다.

열일곱, 열여덟 정도 되었을까? 빼어난 미모였다.

고급 비단 옷이 보잘것없어 보일 정도였다.

두 눈은 맑은 호수 같았다.

주홍빛 입술은 만지기라도 하면 화사한 꽃망울을 터뜨릴 듯했다.

그러면서도 전체적으로는 아름다움 속에 가시를 숨기고 있는 듯 고집스러움도 살짝 엿보였다.

마차의 문이 열리고 그녀가 고개를 돌렸을 땐 어깨까지 늘어진 머릿결이 윤기를 머금고 찰랑였다.

정녕 소녀는 어지간한 사람이라면 숨이 멎을 만한 미색을 갖추고 있었지만 정작 영호선이 놀란 것은 그녀의 아름다움 때문이 아니었다.

그건 바로 그녀가 누구냐였고, 그녀를 자신이 알고 있다는 점이었다.

잠마가 경기를 일으키며 외쳤다.

'화운설!'

항마도 놀라긴 마찬가진 듯 보였으나 표현 방식이 달랐다.

'이, 이건…… . 뭔가요?'

영호선도 묻고 싶었다.

화운설이 어떤 정체를 지니고 있는지는 아직도 수수께끼였다.

하지만 분명한 건 그녀가 잠마원주를 몸져눕게 할 정도로 강하다는 것은 알고 있었다.

잠마원에 머물 때, 어느날 갑자기 평안생이 집안으로 복귀했고, 대신 오조에 들어온 화운설이었다.

환영식이라는 이름 아래 독상군과 비무를 하게 했고, 그 와중에 그녀가 내뿜는 기세만으로 당시 영호선은 완전히 얼어붙고 말았다.

그 후 화운설은 홀연히 잠마원을 떠났고, 평안생은 거짓말

같이 돌아왔다. 정체가 궁금해 독안마의에게 몇 번인가 물어
보았지만 좀처럼 입을 열지 않아 아직도 명확한 정체를 알 수
없었던 그녀!

그녀가 바로 눈앞에 있었다.

마차 안에서 화운설이 미소를 지으며 말했다.

“왜 그러세요? 어서 들어오세요.”

“아, 아니… 같은 여자가 보기에도 소저는 너무 아름다운
지라… 그만… 실례를 범하고 말았네요.”

영호선이 변명을 늘어놓으며 맞은편에 앉았다.

그녀는 스스로 아름답다는 것을 알고 있다는 듯 대수롭지
않게 여기는 것 같았다.

화운설이 말했다.

“흉악한 무리들은……”

“염려 마세요. 모두 꼼짝 못하도록 해두었답니다.”

“소녀는 얼마나 놀랐는지 몰라요. 여검객이 아니셨다면
전… 전 생각만 해도……”

영호선은 등골이 서늘해졌다.

잠마도 으슬거리는지 몸을 부르르 떨었다.

‘이 여자 도대체 정체가 뭐냐? 무서워……’

어지간하면 모든 인간과 사물까지도 존중하길 마다치 않
는 항마조차도 침을 꿀꺽 삼키며 뚫어져라 화운설을 쳐다보

고 있었다.

잠마원주를 후줄근하게 패버린 여자가 어깨를 가느다랗게 떨고 있다니.

영호선은 더 이상 화운설과 마주 앉아 있고 싶지 않았다. 무섭기도 했지만 그럴 만한 시간도 없었다.

"소녀의 이름은 화운설입니다. 여검객님의 존함을 여쭈어도 될는지요?"

영호선은 아무렇게나 대답했다.

"빙화(氷花)라고 해요."

다른 때 같으면 바로 잠마의 고함이 터져 나왔겠지만 그런 걸 따질 정신이 없는 모양이었다.

"아름다운 이름이네요. 여자의 몸으로 무공까지 강하시니 소저는 부러울 따름이에요."

"대단치 않아요. 그저 한 몸 지킬 수 있을 뿐이랍니다. 아, 소저! 제가 갈 길이 급한 중에 위급함을 보고 그냥 지나칠 수 없어 소저를 구하긴 했지만 서둘러 가야 할 길이 있으니 마부를 찾아드린 후, 떠날까 해요."

"네? 하지만 이제 해가 저문데다 또다시 악적들이 나타나면…… 전 어쩌죠?"

화운설이 애처로운 표정을 지었다.

먼저 대답한 건 잠마였다.

'어쩌긴. 다 죽여 버리겠지.'

항마도 한마디했다.

'섬서사악은……. 원래부터 죽을 운명이었나 봅니다.'

그렇다. 다 죽는 거다. 섬서사악이든 뭣이든 마차 문을 여는 순간 머리에 구멍이 뚫리고 말았으리라.

"소저에겐 죄송하나 저로서도 어쩔 수 없군요. 날이 저물어가니 인근 마을로 내려가 날이 밝길 기다리셨다가 관도를 이용해 길을 가시는 것이 좋을 것 같네요."

잠마가 말했다.

'잘했어. 빨리 뛰는 게 상책이야. 기억나지? 잠마원에 처음 와서 자기 소개했을 때? 사랑과 우정과 화합을 경험하고 싶다고 했던 말 말이야. 항마원에서나 할 말을 버젓이 했었잖아. 화운설도 애가 보통 이상한 게 아니야.'

화운설이 울상을 지었다.

영호선이 최대한 표시 나지 않게 침을 삼켰다.

침이라도 안 삼키면 어떻게 되어버릴 것 같았다.

그때 화운설이 슬며시 손을 뻗어 영호선의 손을 잡았다.

"제발 절 두고 가지 마세요. 부탁이에요."

"소저의 뜻을 따를 수 없을 것 같군요."

"그런데 말이죠……."

"네?"

순간 화운설이 입꼬리를 살짝 말아 올렸다. 사악함이 깃든 미소였다.

'헉!'

영호선이 막 손을 쓰려는 순간 화운설의 손이 번개같이 가슴을 때렸다.

타탁!

영호선은 마혈이 찍혀 이내 몸이 뻣뻣하게 굳어지고 말았다.

"소저, 이게 무슨 짓이오?"

잠마와 항마도 동시에 외쳤다.

'화운설, 뭔 짓이야!'

'소저, 고정하십시오!'

화운설이 싱긋 웃었다.

"왜 역용을 했을까나? 궁금해지는걸."

영호선은 하얗게 질려 버렸다.

'망했다.'

第九章
종남 태을검수

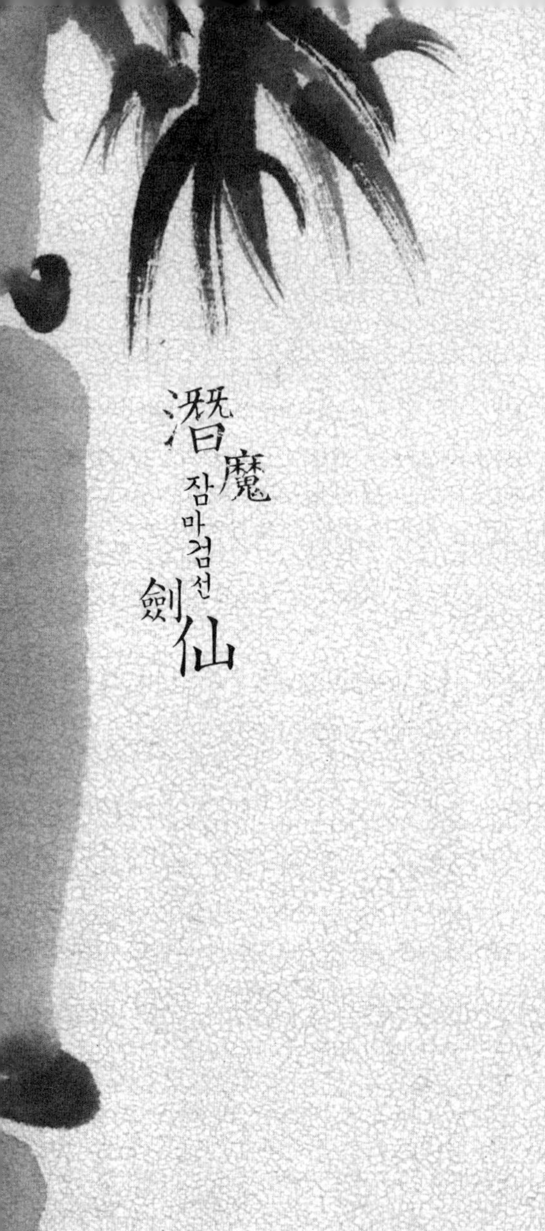

潛魔劍仙
잠마검선

“넌 몇 가지 실수를 했어.”

화운설이 말했다. 그녀는 방실방실 웃고 있었다.

“도대체 무슨 말을 하고 있는지 모르겠군요.”

“네가 누구일지 궁금해 죽을 지경이구나. 호호호, 과연 누
굴까? 어쩌면… 여자가 아닐지도 모르지? 그렇지 않아?”

“목숨을 구해주었더니 은인을 핍박하고, 엉뚱한 소리를 하
다니 도저히 용납할 수 없군요.”

영호선은 필사적이었다. 하지만 자꾸만 움츠러드는 것은
어쩔 수 없었다.

"정말 교묘한 역용이야. 놀라울 정도라니까. 처음 네가 마차 문을 열었을 때, 분명히 네 태도는 나를 아는 얼굴을 하고 있었어. 왜냐하면 같은 여자는 상대가 아무리 아름다워도 동공이 확대되거나 그러지 않거든. 여자는 다른 여자가 더 아름답다는 것을 인정하고 싶어하지 않으니까."

찰싹! 찰싹!

화운설이 어르듯 영호선의 뺨을 때렸다.

"그때부터 실수는 자꾸만 늘어만 갔지. 첫째, 네가 날 모르고 있었다면 이런 질문을 했어야 해. 왜 호위무사 한 명 없이 무공도 모르는 마부만으로 외진 길을 달리고 있었나요? 라고 말이야. 하지만 넌 관심이 없었지. 그건 마치 내가 무공을 익히고 있다는 것을 아는 사람 같았어. 둘째는 뭘까? 그다음 네 말과 행동을 돌아봐. 넌 어떻게든 서둘러 몸을 빼낼 생각만 했지. 내 안위 따위는 전혀 걱정도 하지 않았어. 생각해 봐. 자기가 구한 사람이 아직 위험에서 완전히 벗어났다고 할 수 없는데 목적지도 묻지 않고, 작별을 고하기 바쁜 사람이라니. 애초에 그렇게 무책임한 사람이라면 목숨을 걸고 흉수들을 향해 손을 썼을 리가 없잖아. 그리고 마지막으로……."

찰싹!

화운설이 손을 날렸다.

"이것도 참 결정적이야. 넌 내가 혈도를 제압했음에도 그

걸 당연히 받아들였어. 원랜 이렇게 따졌어야 정상이지.”

화운설은 목을 끌어당겨 중년 나이 여인 정도의 목소리를 흉내 냈다.

“이럴 수가 무공을 익히고 있었다니?”

화운설이 어깨를 으쓱했다.

“근데 네 입에서 나온 말은 무엇이었지? 소저, 이게 무슨 짓이오? 였어. 마치 내가 당연히 무공을 익히고 있는 것을 알고 있는 상태에서 설마 진짜 손을 쓴 것이 당혹스럽다는 반응이었거든. 아까 말했다시피 난 네가 여자라는 것도 의심스럽단 말이지. 호호호호, 자, 그럼 이제 말해보실까? 넌 도대체 누구지?”

영호선이 입술을 깨물었다.

화운설은 결코 어수룩하지 않았다. 그녀는 연극을 하면서도 낱낱이 모든 것을 살피고 있었던 것이다. 도저히 변명의 여지가 없었다.

“이런이런, 눈에 물기가 어렸네. 울 거야? 호호호호, 어설픈 동정심 따위는 통하지 않아. 자, 말할 생각이 없는 것 같으니 내 눈으로 직접 확인하는 수밖에. 뭐, 그것이 더 정확한 것이기도 하고.”

화운설은 영호선의 천령개에 손을 올렸다.

따스한 기운이 머리로부터 흘러내렸다.

이내 영호선은 맥이 풀리는 것을 느꼈다. 화운설이 역용을 붙들고 있던 미세한 진기를 흩어버리고 있었다.

영호선의 얼굴이 점차 바뀌기 시작했다.

머리카락이 짧아지고, 피부가 허물이 벗겨지듯 걷혀 나갔다.

"훌륭한 역용이로군. 진정 감탄할 만해. 나조차도 의심없이 보지 않았다면 알아보지 못했을 정도야. 호호호, 하지만 이것도 오늘이 마지막이랄까."

화운설이 입꼬리를 올리며 웃었다.

"자, 어떤 얼굴일까요? 자자자, 어서 어서… 헉……!"

기대에 찬 눈으로 응시하던 화운설이 눈을 부릅떴다.

"이런……."

화운설은 고개를 돌리고 싶은 충동에 사로잡혔다.

눈앞에는 추악한 몰골의 여인이 씁쓸한 눈으로 바라보고 있었다.

코는 문드러지고, 눈썹은 절반밖에 없었다.

눈빛도 흐릿하고, 입술 또한 기괴하게 뒤틀려 있었다.

풍만한 가슴 한쪽은 여전했지만 다른 한쪽은 짓뭉개졌는지 움푹 들어가 있었다. 그녀는 이렇게 끔찍한 얼굴을 본 적이 없었다.

영호선이 한숨을 내쉬며 말했다.

"이제 되었나요?"

목소리는 누구라도 듣기 거북할 음성이었다. 하지만 남자의 것은 아니었다.

화운설이 이제까지 여유를 부리던 것과 달리 더듬거렸다.

"미… 미안… 난… 의심이 들어서……."

"휴우……. 역용은 저로서도 어쩔 수 없는 일이죠. 이런 모습으로는 사람들을 대면할 수 없으니까요."

화운설은 방금까지 품었던 의문점들이 단번에 이해되고 말았다.

마차 안으로 들어오기 전 놀랐던 것도 이 여인은 추악한 몰골을 지닌 탓에 자신처럼 아름다운 미모를 보자, 부러움이 가득했으리라. 나도 이렇게 아름다운 외모를 지닐 수 있다면 얼마나 좋을까, 라고 자격지심을 품었을지도 모른다.

그때부터는 아마 한시도 함께 있고 싶지 않았으리란 것도 이해할 수 있을 것 같았다.

어떤 남자라도 한눈에 반할 외모를 지닌 사람을 구했다고 해도 그녀는 어떤 남자의 사랑조차 받지 못할 것이 아닌가.

일평생을 역용한 채 본 모습을 숨기고 살 수도 있겠으나 그것은 그녀 자신과 자신을 사랑하는 남자를 속이는 것이 될 테니 아마 사랑을 한다는 것은 엄두조차 내지 못할 것이다.

이 여인은 결백했다. 남자도 아니었고, 과거 얼굴을 알고

있던 자도 아니었다. 그저 상처를 한 몸에 지닌 슬픈 여인일
뿐이었다.

화운설은 제압했던 혈도를 풀어주었다.

"어쩌다… 이렇게……."

아까의 당당함 대신 조심스러움이 묻어났다.

영호선이 말했다.

"잠시만 기다려 주시겠어요?"

화운설이 고개를 끄덕였다.

영호선은 내심 안도의 한숨을 내쉬며, 다시 아까의 모습으
로 서둘러 역용했다.

좌우에 나란히 앉아 있던 잠마와 항마도 거의 기진맥진하
다시피 긴 한숨을 내쉬었다. 시간이 없었다.

'위험했다, 위험했어.'

'소인은 간이 콩알만 해지고 말았습니다. 안쪽에 추악한
얼굴로 일차 역용을 한 것은 현명한 선택이었군요.'

영호선도 백번 동감했다.

동굴에서 역용의 진결을 깨닫고 나서려 할 때, 간과했던 일
차 역용에 대해 충고를 한 것은 항마였다.

앞으로 어떤 험난한 상황에 처할지 알 수 없으니 만반의 대
비를 하는 것이 좋다는 뜻이었다.

그리고 그것은 잠마원에서 역용술을 가르쳐 주었던 여인

의 가르침이기도 했다.

일차 역용 위에 이차 역용을 하여 만에 하나의 상황에서, 역용이 풀리게 되는 상황에서도 위기를 넘길 수 있도록 하기 위함이었다.

그에 따라 영호선은 일차 역용 상태를 흉악한 몰골로 하였는데 그것 또한 여인의 권고 사항이기도 했다. 그렇게 하게 되면 역용이 풀리게 되더라도 상대를 납득시킬 수 있다는 가르침 덕분이었다.


"역용을 하는 이유는 무엇이냐? 자신을 숨기고자 함이지. 이왕 숨기는 것 철저히 숨길 필요가 있다. 그렇다면 방법은 두 가지다. 하나는 애초에 흉악한 몰골로 역용을 하는 것이고, 또 하나는 이중으로 역용을 펼치는 것이다. 가장 좋은 방법은 그 두 가지를 섞는 것이겠지. 흉악한 몰골 위에 또 하나의 역용을 펼쳐 놓는 것. 그러나 기억해라. 이차 역용이 해제되었다는 것은 붙드는 진기가 해소되었다는 것, 일차 역용은 잔향과도 같은 미미한 진기의 힘만으로 붙드는 것이니 유지할 수 있는 시간은 채 일각이 안 될 것이다. 그 안에 본래의 역용으로 돌아오지 못한다면 결국 적의 손아귀에 떨어진다고 할 수 있겠지?"


영호선이 전전긍긍한 것은 사실 화운설의 무공이 어느 정도인지 측량할 수 없다는 점 때문이었다.

그녀가 역용을 알아냈다면 일차 역용조차도 한눈에 꿰뚫어볼 것 같았던 것이다.

그러나 천만다행으로 크게 놀란 데다, 똑바로 쳐다보는 것조차 부담스러워한 나머지 물러나 일차 역용을 알아차리지 못한 것은 진정 천운이라고 할 수 있었다.

한편으로는 잠마원에서 잠마원주를 패버릴 정도의 무위를 지녔음에도, 사랑과 우정과 화합을 운운한, 지금도 이해할 수 없는 독특한 사고체계 때문이란 생각도 들었다. 혐오스러운 광경은 그다지 마주하고 싶지 않은.

영호선은 상념은 상념대로 떠올리면서 어느덧 역용을 온전히 마쳤다.

잠마가 이제야 마음이 놓이는지 화운설을 향해 삿대질을 해댔다.

'야, 화운설, 넌 도대체 정체가 뭐야? 왜 이따위 가녀린 여자 흉내나 내고 있냐고!'

대답은 항마의 입에서 나왔다.

'흐음, 어쩌면… 강호를 유람하며 그 사랑과 화합과 우정을 찾고 다니는 것은 아닐까요?'

그 말에 영호선은 그만 납득하고 말았다.

그러고도 남을 위인이야. 충분히.

아마도 흉악한 놈들을 멋진 협객이 나타나 통쾌하게 쓰러
뜨린 후, '아리따운 낭자, 이제 걱정하지 않아도 됩니다'라고
말하면 '전… 전… 너무 무서웠어요' 하면서 품에 안겨들 작
정이었을 듯싶었다.

잠마원을 뒤흔들어 놓고도 무사한 걸로 봐선 마도련에서
의 영향력이 꽤 클 터이고, 그렇다면 당연히 눈에 보이는 대
로의 앳된 나이는 아닐 텐데 제정신이 아닌 걸 보자니… 도대
체 그녀를 이렇게 무개념으로 가르친 사부라는 작자의 면상
을 보고 싶을 지경이었다.

영호선은 그렇게 생각이 생각을 만들어내며 속으로 온갖
추측과 비난을 퍼부으면서도 한편으론 역용을 온전히 복구한
다음, 작별을 고했다. 그녀의 면상을 더 이상 보고 싶지 않았
다.

"소저, 저는 이만 떠나는 게 좋겠군요. 소저는 무공이 뛰어
나시건만 제가 괜히 뛰어든 꼴이 되고 말았네요. 게다가 강제
로 숨기고 싶은 모습을 드러냈으니 더 이상 소저의 얼굴을 보
고 있기 힘들군요."

"어떻게 사과를 드려야 할지……."

"마음에 담아두지 마세요. 저도 곧 잊도록 노력할 테니까
요."

그때 바깥쪽에서 몇몇 인기척이 나더니 곧바로 목소리가

들려왔다. 낯선 음성이었다.

"섬서사악이 쓰러져 있습니다."

"그렇군. 혹시 그대가 손을 쓴 것이오?"

"아닙니다요. 전 마부입지요. 이 사람들이 절 내던졌는데 무공이 고강한 협객께서 나타나셔서 이들을 모두 쓰러뜨리셨답니다요. 지금 마차 안에서 아가씨와 이야기를 나누고 계신 것 같습니다요."

"흠, 놀랍군. 어떤 분이시기에……."

"저기… 실례입니다만 여러분들은 어디에서 오신 분들이신지요?"

"아, 인사가 늦었습니다. 저희는 종남파 사람들입니다."

"어이쿠, 이거 영광입니다요. 명성이 자자한 종남의 고수 분들을 이렇게 뵙게 될 줄이야."

"안쪽에서 이야기가 길어지는 모양이로군요."

"네? 아… 소인은 거기까지는……."

영호선은 그들의 대화를 들으며 종남이라는 말에 의아해했으나 이내 속으로 쾌재를 불렀다.

원래 목적지는 상주이기도 했지만 사실 지역이 중요한 것이 아니었다. 핵심은 그곳에서 화산이 접촉한다고 했던 종남을 찾아 그들과 합류하거나 여의치 않다면 그들의 뒤를 몰래 밟는 것이었다.

비록 뜻하지 않게 화운설을 맞닥뜨리는 불운을 겪었지만 그것이 도리어 복으로 다가온 셈이니 정녕 전화위복이요, 인생사 새옹지마라 할 만했다.

흉악한 악적들을 제압했으니 정파인으로서의 신분은 증명된 것이나 다름없는 것이 아닌가.

"전 그럼 이만……."

영호선은 화운설에게 고개를 숙인 후 밖으로 나갔다.

종남파의 고수들을 알아보는 것은 간단했다. 마부 외에 검을 차고 있는 이들이 종남인이 아니면 누구겠는가.

총 여덟 명으로 노인이 한 명, 그리고 한 명의 여인과 나머지는 모두 남자 검수들이었다.

귀밑머리가 희끗한 노인이 한 걸음 내딛으며 말했다.

"이야기가 끝난 모양이구려. 큰 위험은 면한 듯 보이니 다행이오. 섬서사악을 물리친 귀인은 아직 안에 계신 게요?"

"아, 이 흉악한 자들이 섬서사악이었나 보군요. 부족한 실력이지만 이들이 마차를 점거하고, 해를 끼치려 한 까닭에 제가 제압해 두었습니다. 하지만 무리 중 한 명은 뒤쪽에서 바라보다 도망치는 바람에 놓치고 말았습니다."

"그대가 이들을 모두 제압했다는 말이오? 그리고 섬서사악의 첫째인 주진악이 손도 쓰지 않고 도망쳤단 게요?"

"악인을 놓쳐 죄송합니다."

　노인은 물론이고, 종남의 고수들이 눈을 휘둥그렇게 떴다.

　비록 눈앞의 중년 여인이 등에 검을 매고 있었지만 그것은 어디까지나 그저 장식일 뿐, 정작 위기를 벗어나도록 한 귀인은 아직 마차에 있다고 생각했었다.

　그런데 뜻밖에도 이 수더분한 인상의 중년 여인이, 그것도 도저히 무공을 익혔다고는 보기 힘든 몸매를 지녔거늘, 섬서사악을 제압했다니 듣고도 믿기가 쉽지 않았다.

　분명 섬서사악의 첫째 주진악은 당황한 기색이 얼굴에 역력하긴 했었다. 주진악이 혼비백산하여 도망칠 정도였다면 무위가 어느 정도인지 짐작하기 어려울 지경이었다.

　그때 마부가 나섰다.

　"네, 맞습니다. 이 여협님께서 목숨을 구해주셨습죠."

　이보다 명확한 증인이 있을까?

　마부가 괜히 헛소리나 농담을 하지는 않을 터, 종남의 고수들은 더욱 놀라면서도 호기심이 일었다.

　도무지 강호에 이런 용모의 여고수가 있다는 말은 들어본 적이 없었다.

　영호선은 쓸데없는 의문이 뭉게구름처럼 일어나 봐야 좋을 것이 없었기에 바로 자신을 소개했다.

　"뜻하지 않게 안에서 여러분들이 나누는 대화를 듣게 되었습니다. 종남의 고수들이시라구요? 뵙게 되어 영광입니다.
저는 빙화라고 합니다. 강호에 발을 딛은 것은 고작 일 년도
안 되었기에 별호라고 할 만한 것도 없답니다."

"사문은 어찌 되시오?"

"사문이랄 수는 없을 듯합니다. 전 한 분 사부님께 무공을
배웠지요. 사부님께서는 강호와 연을 맺지 않으시고, 은거해
계시며 세상사에 얽매이는 것을 꺼려하셔서 존함을 말씀드릴
수 없음을 양해해 주세요."

"역시 강호에는 드러난 이들보다 드러나지 않은 고수들이
밤하늘의 별보다 많다고 하더니 그 말이 틀림이 없구려. 빙화
낭자……. 아, 아니, 빙화 여협은 어디로 가시는 길이오?"

영호선이 단호한 음성으로 또박또박 말했다.

"영호선이란 자를 잡으러 가는 길입니다."

＊　　　＊　　　＊

따그닥, 따그닥…….

마차가 출발했다.

화운설은 슬며시 미소를 지었다.

'영호선이 부근에 있다라…….'

역용을 한 자신을 구한(?) 여고수는 영호선을 찾는다고 말

했다. 그에 종남도 영호선을 추격 중이라고 하여 이윽고 함께 길을 떠난 뒤였다.

종남에서는 호위를 위해 한 명의 검수를 딸려 보낸다고 했으나 화운설은 날이 저물어가니 가까운 마을로 내려가겠다고 하며 사양했다. 종남도 마음의 여유가 없는지 몇 번 더 권하였으나 끝내 사양하자, 물러섰다.

‘영호선… 기다리거라.’

사실 그녀가 섬서 남단에 모습을 드러낸 것은 영호선 때문이었다.

행적을 알아내라고 보낸 풍진은 형산에서 정체를 알 길 없는 고수의 손에 당해 초라한 몰골로 돌아왔고, 그 즉시 화운설은 직접 형산으로 향했다.

그러나 형산에서 알아낸 사실은 영호선이 항마원으로 떠났다는 것이었다. 게다가 풍진의 은신을 찾아내고, 손쉽게 제압할 만한 고수는 찾을 수가 없었다.

그래도 소기의 목적은 달성한 것이라 그녀는 느긋이 마차에 몸을 싣고 항마원으로 향했다.

잠마원에 이어 항마원으로 간 것이 놀랍긴 했지만 숨은 사정이야 알 바가 아니었다. 중요한 것은 놈을 잡아 회를 떠야 한다는 것뿐.

항마원의 특성상 수련의 연속일 테니 굳이 바쁘게 움직일 필요는 없었다.

길을 가는 도중에 그녀는 과연 강호에 협객이라는 인간들이 있기는 한 것일까, 라는 의문을 품었고, 그 즉시 실행에 옮겼다.

어린 날에 만들지 못한 추억을 만들기 위해 잠마원에 들어갔던 것과 일맥상통한 그녀만의 사고방식에서 비롯된 행동이었다.

그녀는 주로 인적이 뜸한 곳으로 길을 잡았다. 흉악한 놈들은 어김없이 튀어나왔다. 그때마다 되도록 끝까지 기다렸다가 협객의 그림자조차 없을 때 마부로 위장한 풍진이 놈들의 목숨을 거뒀다.

그런데 섬서의 남단에 이를 때, 협객 같지도 않은 협객을 만나게 되었고, 덤으로 영호선의 행적까지 알게 된 것이다.

항마원에서 왜 밖으로 나왔고, 정파의 고수들이 그를 쫓는지 정확히 알 수 없었지만 잠마원에서의 모습을 떠올려 보면 충분히 납득 가능한 상황이었다.

얼마나 많은 이들이 쫓고 있는지는 모르나 그들에게 양보할 마음은 추호도 없었다. 껍질을 벗겨 죽여도 내가 하겠다는 것이 화운설의 생각이었다.

'영호선을 뺏길 순 없지.'

내심 중얼거린 화운설이 이어 전음을 보냈다.

[섬서사악의 대형이란 자는 죽였더냐?]

[죽이지 못했으나 그는 죽었습니다.]

[종남이 손을 쓴 게로구나.]

[종남이 손을 썼습니다.]

[잘했다. 이제 마을로 내려가 마차를 버리도록 하자꾸나.]

[마차를 버리겠습니다.]

화운설은 빙긋 웃고, 자신의 고운 손을 바라봤다.

'참 곱기도 하지. 그녀가 부러워할 만해. 쯧쯧… 불쌍하기도 하지.'


*          *          *


깊은 어둠이 내려앉았다.

초승달만이 대지를 비추고 있었고, 그마저도 구름에 가려질 때면 온 세상이 칠흑으로 덮였다.

휙, 휙, 휙…….

아홉 개의 신형이 어둠을 꿰뚫고 나아갔다.

바로 종남과 영호선이었다.

종남은 마차를 보낸 후, 제압된 섬서사악을 죽였다. 옥에 가둬둘 만한 가치가 없는 자들이었고, 또 어떻게 처리할지 고민할 만큼 마음의 여유도 없었다.

거친 산야, 그것도 어둠에 깊이 잠긴 험난한 길을 종남의 태을검수들은 평지처럼 내달렸다.

제일 앞쪽에서 경공을 펼치던 종남의 장로 태청검은 뒤쪽의 상황을 보기 위해 흘깃 고개를 돌렸다. 정확히는 섬서사악을 제압한 중년 여협을 보기 위함이었다.

중간쯤에서 신형을 날리고 있었는데 움직임이 가볍고, 여유가 넘쳤다.

뚱뚱하다고는 할 수 없었지만 그녀가 통통한 것만큼은 부인할 수 없는 사실이었다.

풍만한 가슴, 튼실한 하체, 아랫배도 날씬함과는 거리가 멀었다. 그럼에도 경공의 공부가 제법이었다.

살집이 많은 것을 무공이 낮다고 판단할 수는 없는 것이지만 누구라도 대체적으로 그런 생각을 하게 된다.

물론 예외적으로 현재 항마원주인 둔왕비협처럼 뚱뚱한 체구에도 불구하고 경공의 조예가 깊은 이들이 있었지만 결코 흔하다고 할 수 없었다.

'나 또한 흔하지 않은 또 다른 이를 만난 것인 게지. 섬서사악이 운이 없었구나.'

섬서에는 악명 높은 세 무리의 악인들을 가리켜 섬서삼군이라 했는데 그중 가장 악랄한 이들이 바로 섬서사악이었다. 이들은 한 명 한 명 무공이 고강할 뿐 아니라, 교활하기까지

해 번번이 손을 쓸 기회를 놓쳤는데 뜻하지 않게 모두를 참살할 수 있게 된 것은 큰 수확이라 할 만했다.

그때 문득 전음이 들려왔다.

어느새 태을검수의 수좌인 혁신월이 어깨를 나란히 하고 있었다.

[장로님, 저 여인과 계속 동행해도 좋겠습니까?]

[의심스러우냐?]

[물론 섬서사악을 제압한 것이나 연약한 이를 위로하던 것을 볼 때 협의지심을 가졌다 할 수 있겠습니다만 신원이 확실치 않은 점이 마음에 남습니다. 게다가 여인이 악적 영호선을 찾는다는 것도 지나치게 공교롭다는 생각입니다.]

[의심할 것 없다. 상황의 공교로움을 의심하려면, 순서가 뒤바뀌있어야 한다.]

[무슨 말씀이신지…….]

[종남이 섬서사악을 제압하고, 마차를 구하고 있을 때, 저 여인이 나타났다면 공교로움이랄 수 있겠지만 저 여인을 찾은 것은 우리가 아니더냐. 또한 영호선을 찾는다는 말을 먼저 꺼낸 것도 저 여인이었다. 그녀가 우리의 행적을 뒤쫓아왔다고는 할 수 없는 게지.]

[듣고 보니 그렇군요. 제가 생각이 짧았습니다.]

[하지만…….]

[네?]

[…돌다리도 두드려 보라는 말이 있으니 한 번쯤 속내를 알아보는 것도 나쁠 건 없겠지. 잠시 후 휴식을 취할 테니 주양양을 통해 영호선과 어떤 악연을 맺게 되었는지 알아내라고 하거라. 또한 혹시 모르는 일이니 재차 그녀의 사부가 누구인지 물어보라 일러라.]

[그리하겠습니다.]


"잠시 휴식을 취하도록 하겠다."

태청검의 명이 떨어졌다. 종남의 태을검수들이 각자 방위를 점하고 자리 잡았다.

영호선은 쭉 훑어보고 빈 곳을 찾아 나무에 등을 기댔다.

우여곡절이 많았지만 어떻게든 종남파에 합류한 것은 다행스러운 일이었다.

앉자마자 잠마가 투덜거렸다.

'근데 화운설은 무슨 수작인 거냐? 도통 정체를 알 수 없단 말이지.'

영호선도 그녀의 정체가 지금으로서는 제일 궁금했다.

마부라는 작자도 허술한 태도를 유지했지만 고수가 틀림없었다.

'당최 이해불가야. 마도 쪽 인간들은 뭐가 뭔지 복잡하

다고.'

아니, 복잡한 것이 아니라, 뇌의 일부가 마공 덕분에 손상을 당했다고 해야 할까나. 생각이 거기에 미치자 영호선은 남일이 아니란 생각에 허탈한 미소를 머금었다.

'저쪽에 앉은 종남파 고수님이 자꾸 쳐다보시는군요.'

항마가 말했다.

잠마가 눈을 가늘게 뜨고 시선을 던졌다.

'으엑, 뭐야, 저거 얼굴 붉힌 거냐?'

삼십대 초반정도 되어 보이는 남자 검수가 눈이 마주치자마자 황급히 고개를 돌렸다.

'하하하, 그런 것 같습니다.'

'설마 한눈에 반한 것? 카아악 퉤! 저런 변태새끼 같으니.'

'어쩌면 어머니의 사랑을 받지 못하고 어린 시절을 보냈는지도 모르겠습니다. 지금 우리 모습은 어떻게 봐도 모성애를 끌어낼 정도로 포근하니까요.'

영호선은 속으로 끌끌 혀를 찼다.

'모성애를 갈구하는 것도 정도가 있지. 칼 차고 다니면서 뭔 짓이야!'

비록 중년 여인의 모습으로 역용을 했지만 그건 어디까지나 철저히 스스로를 숨기고자 함이지, 남자의 시선을 받고자 함이 아니었다. 사모하는 눈길 따위는 사양이었다.

그때 한 사람이 다가왔다.

"언니! 옆에 앉아도 돼요?"

맑은 금방울이 울리는 것 같은 목소리였다.

"아, 언니라고 불러도 되죠?"

이십대 초반으로 보이는 여검수였다.

잘록한 허리에 몸매는 여자로서는 이상적이라 할 수 있을 만큼 균형이 잡혀 있었다.

눈은 크고 쌍꺼풀이 그린 듯 섬세해 깜박이는 눈이 귀여워 보였다. 얼굴은 대단한 미인이랄 수는 없었지만 쾌활함이 묻어나 어쩐지 호감이 가는 인상이었다.

이들이 종남의 태을검수라고 한 만큼 눈에 보이는 나이보다는 더 들었을 것이라는 생각이 들었다.

잠마는 '야, 호박 꺼져!' 라고 소리쳤고, 항마는 정중히 인사를 하고 있었다.

영호선이 말했다.

"네, 그럼요."

"고마워요. 언니, 이것 좀 드시겠어요?"

여검수가 육포를 건넸다.

"네, 잘 먹을게요. 그런데 종남의 태을검수로부터 언니라는 말을 들어도 될는지 모르겠네요."

영호선이 살짝 입을 가리고 웃었다.

잠마가 바로 구역질을 했다.

"섬서사악을 혼자 힘으로 물리치신 분인걸요. 아참, 이런 제 소개도 하지 않았네요. 주양양이에요. 언니는 빙화라고 하셨죠? 이름이 참 예뻐요."

'흥, 그래 보는 눈은 있어서 이름만 예쁘다 이거냐? 자, 호박아, 시답잖은 말은 집어치우고 접근한 이유나 털어나 봐라.'

잠마가 투덜댔다.

"동생 이름도 예쁜걸요. 미모도 빼어나고……."

"헤헤, 빼어나다고 할 수는 없죠. 그래도 예쁘단 말 들으니 좋네요."

영호선은 웃는 모습이 약간 바보 같다고 생각했다. 그래도 그게 왠지 싫은 느낌이 아니었다. 그녀는 상대를 편하게 만드는 재주가 있었다.

'호박한테 속지 마라. 실실거리는 건 경계심을 무너뜨리려는 거야.'

'네, 소인의 생각에도 이제 본론이 나올 때라는 생각입니다.'

잠마와 항마의 생각은 곧 영호선의 생각.

영호선은 빙긋 웃어 보이며 그녀의 질문을 기다렸다.

아니나 다를까, 바로 주양양이 핵심을 찔러왔다.

"아, 맞다. 설산파 제자 담석청과 아는 사이라고 하셨죠? 어떤 관계세요?"

영호선은 종남 장로 태청검에게 담석청의 복수를 위해 영호선을 찾고 있다고 말한 터였다.

"휴우, 사실을 말하자면 항마칠단 모두와 아는 사이라고 해야 할 거예요."

"항마칠단 모두와 만나신 거예요?"

"그래요. 그들이 길을 가던 중 곤경에 처했을 때, 마침 제가 부근을 지나고 있어서 도와주게 되었죠. 이야기를 나누면서 그들이 항마원의 기재들인 것과 보운장이 목적지라는 것을 알게 되었어요. 전 그때 사부님의 명을 수행하느라 잠시 동행했는데 설산파의 제자 담석청 그 아이가 이것저것 묻자 몇 가지 조언을 해주었죠. 그때 느낌은 제자를 키운다면 이런 기분이겠구나 싶을 정도로 그 아이가 마음에 들더군요."

"아!"

"그 뒤, 제 일을 마치고 담석청을 다시 만날까 싶어 보운장으로 가게 되었고……"

주양양이 금새 독기 품은 눈으로 이를 갈았다.

"영호선, 그 죽일 놈!"

잠마가 '이게 누굴 보고 죽일 놈이라는 거야. 확 뒈질래!'

라며 주양양의 머리통을 후려갈겼고, 항마는 독기 서린 주양
양의 눈을 보고 슬쩍 시선을 외면했다.

영호선이 말했다.

"반드시 영호선을 죽일 겁니다."

잠마가 주양양을 패다 말고, 눈이 뒤집혔다.

'야, 새끼야. 함부로 영호선이란 이름 들먹일래!'

"휴우……."

주양양이 한숨을 내쉬었다.

"하지만 한편으로는 놈의 무공이 강하고, 여우같이 교활한
탓에 과연 붙잡을 수 있을지 의문스럽기도 해요."

"비록 영호선이 항마칠단을 해치고, 보운장을 멸하긴 했지
만 놈 혼자 그런 일을 했다고는 생각이 들지 않아요."

"언니 말씀이 맞아요. 현재 정보에 의하면 영호선은 상남
외곽의 한 폐가에 있다고 해요. 그리고 그 곁에 일단의 흑의
인들이 무리를 짓고 있다는 정도예요."

"역시 그렇군요. 혼자 힘으로 보운장의 전 식솔까지 없앨
순 없는 노릇이었을 거예요."

"네, 그 덕분에 화산파도 상남으로 향하는 중이고, 무림맹
의 서룡참마대와 북룡참마대, 그리고 특별히 괴선께서도 오
신다고 해요."

"괴선이라구요?"

영호선은 놀라움을 감출 수 없었다.

괴선이라면 천하삼선 중 한 명이었다.

즉, 정파의 초절정고수 중 다섯 손가락 안에 꼽을 수 있는 인물.

비록 삼선 중 가장 뛰어나다는 요선과는 격차가 있다고 알려져 있지만 도선과 함께 그는 엄연히 초절정의 고수였다.

일이 꽤나 크게 벌어졌다는 느낌이 들었다.

항마가 곰곰이 생각에 잠겨 턱을 쓰다듬고 있었다.

잠마도 입을 삐죽 내밀었다.

"동생, 한 가지 의문이 드는군요."

"말씀하세요."

"항마칠단의 기재들이 운명을 달리한 것은 실로 안타까운 일이지만 어쩐지 무림맹에서 과도할 정도로 반응을 보이는 것 같아서 말이에요."

"아, 아직 제갈세가에 관해 듣지 못하셨나 봐요?"

"제갈세가요?"

"네, 최근에 제갈세가에서 호북의 마도련 비밀 분타를 초토화시켰어요. 그 일로 무림맹에서는 정마대전이 벌어질까 우려하고 있어요. 이미 제갈세가는 무림맹에서 탈맹했고, 소요문과 사대세가까지 뜻을 같이하기로 한 상태거든요."

"무림맹이 서두를 수밖에 없는 이유가 있었군요."

영호선은 담담히 말했지만 등줄기로는 식은땀을 흘렸다.

제길, 이게 도대체 무슨 일이야. 정마대전이라니. 그저 가짜 놈을 잡아 족친 후 사실을 실토하게 하면 어느 정도 일이 일단락될 것이라고 생각했었는데 어느 순간 항마칠단의 문제가 중원 전체의 피의 대전으로 발전하고 있었다.

잠마가 성질을 냈다.

'마도련 이놈들이 미쳐도 단단히 미쳤구나. 마정대전을 하든 말든 상관없지만 왜 나를 걸고넘어지냐고. 게다가 진짜 영호선은 여기 있거늘 나를 놔두고 가짜를 영웅으로 만들겠다는 거잖아. 이 망할 새끼들을 그냥 확!'

웬일인가 싶었지만 말을 끝까지 들어보니 역시나였다.

항마가 고개를 저었다.

'소인의 생각은 조금 다릅니다. 마도는 잔혹할 때는 말할 수 없으나 굳이 항마칠단의 기재들을 죽이면서까지 일을 크게 벌일 리가 없습니다. 소인이 아는 마도는 통이 큰 사람들입니다.'

항마야말로 웬일이었다.

항마의 말이 전적으로 옳았다.

마도가 피를 원한다면 굳이 잔수를 부릴 이유가 없었다. 뒷골목 용어를 사용하자면 '한판 뜨자' 이 정도의 배짱과 당당함을 지니고 있었다.

게다가 잠마원의 이탈자인 자신을 마도련에서 중요시한다는 것도 이해할 수 없는 일이었다.

광마혈성의 제자라는 사실 때문에?

아니다. 그랬다면 악귀 가면이 그 이야기를 꺼냈을 터였다.

아니, 아니 그것도 아니다. 애초에 광마혈성의 제자라는 것을 알았다면 건드리지도 않았을 것이리라.

'젠장할, 그럼 도대체 뭐냔 말이다.'

"언니, 무슨 생각을 그리 골똘히 하세요?"

"아, 그냥 이것저것… 마정대전이 일어나지 않았으면 싶어서 생각이 깊어졌네요."

"응? 마정대전이라고 하시네요?"

주양양의 눈빛이 순간 예리하게 빛났다.

잠마와 항마가 흠칫 놀랐다.

'어헐, 날카롭네.'

'의구심을 품은 것 같습니다.'

영호선도 순간 당혹했다.

정마대전이라고 하든 마정대전이라고 하든 굳이 무엇이 앞에 오는가는 관심사가 아니었거늘 구파일방에 속한 종남의 입장에서는 그리 간단치 않은 것이리라.

영호선은 애써 태연을 가장했다.

"어? 제가 그랬나요? 아무려면 어때요. 정마대전이든, 마정대전이든 많은 희생이 따른다는 것이 중요하죠."

"하긴 그래요. 도대체 얼마나 많이 희생당할지. 아, 그런데 혹시 언니의 사부님이 마도에 몸담고 계신 분이세요?"

일면 수긍하는 척하면서 끈질기게 물고 늘어졌다. 보기와는 달리 은근히 집요했다.

"동생만 알고 있어야 해요?"

"앗, 그럴게요."

주양양이 바싹 붙었다.

"실은 제 은사께선 정도나 마도를 나누는 것이 의미가 없다고 생각하시는 분이세요. 어떤 의미에선 선과 악도 따로 구분치 않죠."

"네? 하지만 언니는 섬서사악을 해치우고 사람을 구하셨잖아요."

"그들은 마도가 아닌 단지 사악한 자들일 뿐이에요. 아마 은사께서도 섬서사악을 보셨다면 도륙하셨을 거예요. 그렇지만 전 여전히 정도와 마도의 구분이 의미없다는 생각을 가지고 있어요. 제가 영호선을 죽이려 하는 건 정도나 마도를 떠나 악인이기 때문이죠."

"언니의 은사님의 존성대명은 어찌 되시는지 너무 궁금

해요.”

“동생, 미안해요. 그건 말해줄 수 없어요.”

“에이, 뭐야. 그럼 비밀 같은 것도 아니잖아요. 쳇!”

주양양이 짐짓 뾰로통한 표정을 지었다.

잠마가 나직이 중얼거렸다.

‘어디서 이쁜 척이야. 입 집어넣어라. 처맞기 전에.’

항마도 그리 좋아 보이진 않은 모양이었다.

‘이분… 은근히 여우 같기도 하고 곰 같기도 하십니다.’

그러게 말이다. 하지만 자기 맡은 바 임무가 있으니 어쩔 수 없는 것이기도 하지. 어떤 면에서는 좀 귀엽기도 하고.

그때 장로 태청검이 자리에서 일어서며 말했다.

“자, 출발한다.”

“언니, 또 시간 나면 이야기 나눠요.”

주양양이 서둘러 말하고 달려갔다.

“그래요. 언제든지.”

주양양의 뒷모습을 보며 잠마가 혀를 찼다.

‘저것들 이제 전음을 팽팽팽 나누겠구만.’

‘소인이 보기엔 그리 의구심을 품은 것 같아 보이진 않습니다. 도리어 여러 정보들을 들을 수 있었으니 고맙다고 해야 할 것도 같습니다.’

‘크크크, 그건 그렇네. 바보 같으니라구.’

'순수하다는 좋은 말도 있지요.'
영호선도 동감이었다.
고맙고, 바보 같고. 주양양에 대한 소감이었다.
'자, 부지런히 따라가 보자.'
영호선이 신형을 날려 종남의 태을검수 무리에 합류했다.

第十章
잠마원주의 선택

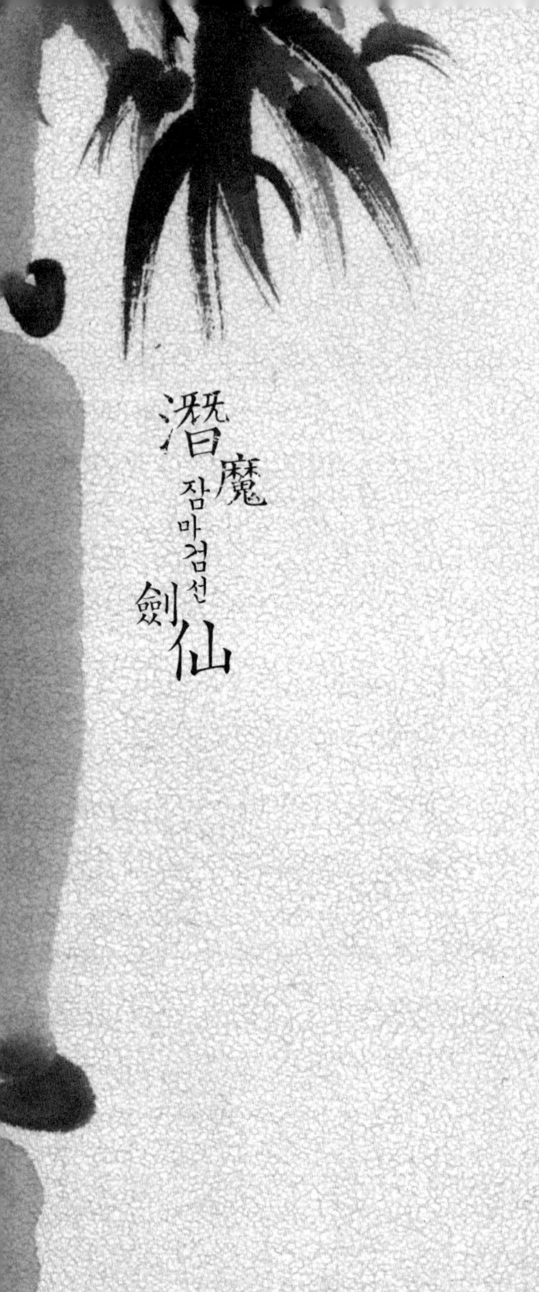

潛魔
劍仙
잠마검선

잠마원주 소요마선은 눈을 뜨고 있었다.

그 상태에서 그는 눈앞이 캄캄한 것을 체험하고 있었다.

눈을 뜨고 있어도 아무것도 볼 수 없었다.

늘상 앉아 있던 의자요, 늘상 보아온 집무실의 장식이며, 서책, 벽에 걸어둔 흑룡이 승천하는 화폭들도 그는 볼 수가 없었다.

얼굴은 표정이 없었고, 안면근육엔 힘이 들어 있지 않았다. 그 상태로 소요마선은 한마디를 중얼거렸다.

"영호선……"

입만 간신히 달싹거렸다. 그건 마치 죽음을 목전에 두고 유언을 하는 것 같기도, 원망을 해야 하는데 기운이 없는 것 같기도 했다.

소요마선이 고개를 살짝 숙였다.

탁자 위에는 두루마리 서신이 활짝 펼쳐져 있었다.

많은 글귀들이 새겨져 있었지만 내용을 요약하자면 간단히 두 단어로 정리할 수 있었다.


—잠마원주 사망.


아직까진 살아 있으니 '예약'이라는 단어 정도는 추가할 수도 있으리라.

소요마선은 자신에게 왜 이런 비극적인 상황이 도래한 것인지를 떠올리다 다시 입술을 달싹거렸다.

"영호선……."

이 파탄은 오직 영호선 그 한 놈 때문이었다.

놈이 잠마원에 오기 전까지만 해도 잠마원주로서의 삶은 나름 만족스러운 나날이었다.

파릇파릇한 생동감 넘치는 어린 놈들을 매일 바라보는 것은 나이를 잊게 하는 묘약과 같았다.

물론 마도의 기재답게 잠마원에 입부한 녀석들 중엔 괴상한 놈들이 한두 명씩 꼭 섞여 있긴 했다.

하지만 그 누구도 영호선에 비하면 애들 장난에 불과했다.

잠마원을 들었다 났다 하는 것도 정도가 있지, 하루가 멀다 하고 문제를 일으키고 잠마원 사상 최초로 탈주하더니, 이제 급기야는 자신의 목숨을 위협하고 있었다.

다시 소요마선의 시선이 두루마리로 향했다.

도대체 몇 번이나 본 것인지 모른다. 서신이 도착한 것도 나흘 전이었다. 봐도 봐도 믿어지지 않고, 믿고 싶지도 않았다.

마곡의 영호선, 항마원 입부. 그 후 항마원의 기재들을 도륙함. 이와 관련하여 제갈세가 호북 분타 공격 감행. 분타 전멸. 위의 사실 확인을 위해 잠마원주는 속히 마도련 총단으로 귀단할 것.

다시 읽자 위장이 쓰렸다.

돌아도 이렇게 돌아버리기가 어디 쉬운 일이던가. 미친놈의 새끼가 어디 틀어박혀 있거나 할 것이지, 왜 항마원에 기어들어 간단 말인가. 그걸 또 넙죽 받아준 정파 놈들은 또 무엇이고. 이놈이나 저놈이나 모두 제정신이 아니었다.

하지만 또 그렇게 따지면 자신도 형산파 놈을 잠마원에 들여놨으니 할 말이 없으려나?

아니 할 말은 있었다, 그것도 충분히.

놈은 마도에 걸맞은 성정을 지녔고, 그것으로 자격이 충분했으니까. 그런데 정파 놈들은 눈알이 장식인지 어떻게 그런 미친놈을 항마원에 입부시킬 생각을 할 수 있는가.

"휴우……."

나오는 건 한숨뿐이었다.

이대로 총단으로 가는 것도 사실 그리 겁날 건 없었다. 원죄는 마곡에게 있으니 충분히 뒤집어씌울 자신도 있었다.

그러나 문제는 역시 영호선이었다. 정확히는 영호선의 사부라는 작자. 눈앞에서는 결코 작자라는 말을 할 수 없는 존재, 광마혈성이 문제였다.

매우 섬세하고 단호한 판단이 필요했다. 이 한 번의 결정이 생사를 가를 것이다.

소요마선은 후, 하고 숨을 토한 후 마도련과 광마혈성을 각각 마음의 무게추에 올려놓고 저울질했다.

쿵!

무게추에 두 세력을 올려놓자마자 광마혈성 쪽으로 확 기울었다.

"헉!"

물론 추가 바닥을 내려치는 소리 같은 건 나지 않았다. 하

지만 소요마선은 바닥이 울릴 만큼 큰 소리를 들은 것 같았
다.

"어쩔 수 없는 일이지."

소요마선은 자신을 스스로 납득시키며, 먹물에 잠긴 붓을
들었다.

그의 손이 움직일 때마다 화선지에 용사비등한 글자가 하
나씩 나타났다.


잠마원주 소요마선은 이 모든 책임을 지고, 은거하노라.


입으로 후후 불며 소요마선이 중얼거렸다.

"명필이로고……."


*　　　*　　　*


퍽!

일권에 산악의 힘을 담는다.

파삭!

묵환강시가 순식간에 바스러졌다.

소요마선은 번개같이 손을 놀려 연달아 묵환강시를 가루
로 만들었다. 감히 은거를 향한 도도한 발길을 가로막다니.

파삭! 파삭! 파삭!

묵환강시는 두부나 다름없이 부서졌다.

지하 일관문을 통과한 것을 시작으로 순식간에 지하 사층에 이르렀다.

하지만 이곳에서 은거를 할 생각은 없었다.

조금 걸어 절벽 끝자락에 서서 화염을 일으키며 부글거리는 용암을 바라봤다. 바로 저곳이 은거처가 될 것이다.

광마혈성이 머무는 공간, 세상에서 유일한 안식처다. 소요마선은 내심 계획을 점검했다.

일단 용암에 뛰어든다.

광마혈성을 만나 영호선 소식을 전한다.

분노로 뛰쳐나가는 광마혈성 대신 지하 동부에 머문다.

분명히 용암이 지하 동부로 통하는 유일한 길일 것이다.

수중 동굴처럼 용암 안쪽에도 통로가 있어 그곳을 지나야 할 터. 물론 수중이야 호흡을 참아야 한다는 것뿐이겠지만 용암은 호흡은 물론이고, 호신강기를 일으켜 고열을 버텨내야 할 것이다.

묘한 긴장감 속에서 소요마선이 길게 숨을 내뱉었다.

"후우……."

좋아, 가는 거다. 영호선 그놈도 했는데 내가 못 지나갈 리 없지. 스스로에게 자신감을 불어넣으며 소요마선은 호신강기를 일으켰다.

화르르륵.

이내 백광에 뒤덮인 소요마선이 용암으로 뛰어들었다.

슈우욱!

푸욱!

용암이 움푹 꺼졌다가 원상태로 복귀하며 소요마선의 몸을 집어삼켰다.

부글부글…….

용암은 무슨 일이 있었냐는 듯 불거품을 일으켰다.

그리고 이윽고.

푸우욱!

"으어억, 앗 뜨거! 사람 살려!"

소요마선이 용암에서 솟구쳐 미친년 널뛰듯 절벽을 타고 올랐다.

"아, 씨팔, 뜨겁다고!"

옷은 멀쩡했다. 불에 그슬린 흔적은 어디에서도 찾을 수 없었다. 그러나 문제는 겉이 아니었다. 화기가 내장까지 파고들어 도저히 견딜 수가 없어 더 이상 버틸 수 없게 된 것이다.

용암에 들어간 것까진 좋았다.

한데 아무리 이리저리 휘젓고 다녀봐도 통로를 찾을 수가 없었다. 그렇게 헤매는 사이 용암의 열기가 호신강기를 위협

했다. 조여오는 열기는 겉을 태우진 않았지만 몸속을 삶아버리는 것 같았다.

소요마선은 황급히 운기조식을 통해 화기를 몰아냈다.

'대체 어느 쪽이냐?'

동서남북 네 방향을 모두 훑었었다. 어쩌면 통로의 폭이 매우 협소하여 찾지 못한 것일 수도 있었다. 그것도 아니라면 바닥일지도.

소요마선은 인상을 찡그렸다.

달리 선택의 여지가 없었다. 시간이 걸리더라도 한 방향씩 천천히 뒤져 나가는 수밖에.

만약 용암 건너의 지하 동부에 들어가지 못하게 되면 갈 데도 없는 마당이다. 이곳도 언젠가는 조사가 이루어질 터.

진기의 운행이 다시 자유로워지고, 내력을 어느 정도 회복하자, 소요마선이 다시 용암으로 몸을 날렸다.


"후우……."

여섯 차례였다.

이젠 내장이 흐물거릴 정도로 속이 이상했다.

동서남북을 여섯 방위로 나누어 뒤졌지만 통로는 없었다.

'역시 바닥이었나.'

머뭇거릴 생각은 없었다. 소요마선은 숨을 몰아쉰 후, 호신강기를 일으키고 다시금 몸을 던졌다.

이번이 마지막이다. 아니, 마지막이어야 한다.

바닥까지 용암물을 헤치며 유영하기엔 내력소모가 큰 만큼 떨어져 내리는 속도를 최대화했다. 낙하 즉시 바닥까지 다다라야 하는 것이다.

슈우욱…….

가공할 속도로 소요마선은 용암을 향했다.

순간적으로 용암의 거품이 눈에 확 들어왔다.

그런데 그때였다.

푸확!

낙하 지점에서 뭔가가 솟구쳤다.

소요마선은 머리를 아래로 하고 두 팔을 쭉 뻗고 있다가 두 눈을 부릅떴다.

이건 또 뭐야! 사람?

생각은 거기까지였다. 인영이 손을 뻗어오고 있었다.

소요마선도 마주 장력을 날렸다. 인영의 손과 소요마선의 손바닥이 마주쳤다.

펑!

"크아아악!"

소요마선이 낙하하던 속도의 두 배로 튕겨 올라갔다.

빠른 속도로 튕겨진 소요마선은 천장에 쿵, 하는 소리와 함께 부딪치고는 그대로 바닥으로 떨어져 나뒹굴었다.

"으으윽……."

장력을 마주친 오른손이 끊어질 듯 통증이 일었다.

그때 소요마선의 귓가로 한 음성이 들려왔다.

"허허, 이놈 보게. 너 또 왔냐?"

'광마혈성?'

소요마선은 그제야 자신의 실태를 깨달았다.

용암에서 뭔가 튀어나온다면 그게 누구이겠는가. 하지만 아까는 거의 자동 반응이었다. 뭔가를 생각할 시간도 없었고, 용암에서 사는 괴생물체 정도로 뇌가 인식했던 것이다.

"내가 얼쩡거리지 말라고 했을 텐데? 그사이 절세무공이라도 익힌 거냐? 그래서 한번 붙어볼 참이었어?"

소요마선은 가까스로 몸을 추슬러 일어섰다. 기혈이 들끓었지만 지금은 무리를 해야 할 때였다.

"소요마선이 광마혈성님을 뵙습……."

광마혈성이 손사래를 쳤다.

"인사는 됐고, 목숨 걸고 온 목적이 뭐냐? 목을 걸 만한 것이 아니면 목을 따버릴 테니 그리 알아라. 앉아!"

광마혈성이 턱, 하고 자리를 잡자, 소요마선이 조심스럽게 무릎을 꿇었다.

"그냥 편히 앉아, 인마."

"네? 네."

괜히 시간 끌다가 전처럼 목이 돌아갈 수가 있었기에 소요마선은 바로 본론을 끄집어냈다.

"영호선에게 문제가 생겼습니다."

"하하하, 문제? 무슨 문제? 원래 그놈은 문제가 많은 놈인데 뭘 새삼스럽게 문제를 들먹이냐. 너 죽고 싶지?"

침을 꿀꺽 삼킨 후 소요마선이 대답했다.

"영호선이 이곳을 떠난 후, 항마원에 입부하였습니다."

"문제란 게 그거냐? 항마원에서 나름 즐거운 나날을 보내고 있던데 그게 불만인 게냐?"

'헉, 뭐지. 이미 알고 계셨던 건가?

살살 비위를 맞춰서 지하 동부에 엉겨붙으려는 계획에 금이 가는 소리가 들리는 것 같았다. 비장의 정보를 건네주고 이쁨을 사려던 것인데 대체 어느 정도까지 알고 있는 것인지 짐작도 할 수 없었다. 게다가 말하는 투로 봐서는 영호선이 뭔 짓을 하든 상관없다는 식이 아닌가.

"아, 알고 계셨군요. 실은 항마원 입부 자체가 문제가 아니라 영호선이 항마원 기재들을 참살해 버렸습니다. 그 때문에 현재 정파의 고수들로부터 쫓기고 있는 중이라고 합니다."

광마혈성이 고개를 갸웃했다.

"엥? 그럴 리 없을 텐데."

"사, 사실입니다."

광마혈성이 뚫어져라 소요마선을 바라봤다.

온 얼굴 가득 육수가 주르륵 흘러내리고 있었다. 아무리 봐도 거짓을 고하거나 농담을 하는 것이 아니었다.

그만큼의 배포도, 힘도 없는 놈이 용암을 뚫고 들어오려고 수차례나 소란스럽게 들락거릴 리 만무했다. 나름 가상하게 보이려고 애쓴 것일 뿐이리라.

'헛소리를 하기엔 내가 좀 무섭지.'

그러나 그 말을 믿는 건 더 어려웠다.

영호선의 상태를 건너 들었다면 사정이 다르겠지만 직접 두 눈으로 확인하고 오지 않았던가.

녀석은 비록 삼원귀진에 틈이 생겼고, 그 사이로 혈마환이 묘용을 부려 무공이 제멋대로 튀어나오는 괴상한 상태이긴 했지만 그 자체가 꼭 잘못되었다고 할 순 없었다.

그러한 현상이 전혀 다른 길을 개척해, 새로운 경지로 나아갈 수 있는 길을 열어줄 수도 있었다. 그리고 지금은 혼란의 시기였다.

그러나 녀석은 이미 스스로 생각하고, 스스로 옳다고 판단한 것을 행함에는 아무런 문제가 없었다.

'말이 안 되잖아. 항마원에서 눈물까지 보인 녀석이 항마원의 아이들을 도륙했다는 것은 마치 친부모가 자식을 죽인

것이나 다름없는데 그들은 그렇게 할 수 있을지 몰라도 녀석
은 그게 불가능하단 말씀이야.'

　그건 완벽한 믿음이었다. 영호선에 대한 믿음이 아닌, 마운
천봉공과 검절의 검결에 대한 믿음이었다. 혈마환이 발현하
는 것을 가만히 두고 볼 수 있는 몸 상태가 아니었다.

　'그런데 항마원 동료들을 죽여? 항마원에서 혹시 자신의
행적이 노출될까 봐 전전긍긍하며 처맞고 지내던 것을 감수
하던 녀석이?'

　광마혈성은 단호히 결론을 내렸다.

　"그럴 리 없다."

　"죄송합니다만……. 사실입니다."

　소요마선은 좀 더 구체적으로 설명했다.

　항마원 기재들이 참살당한 후, 제갈세가가 마도련의 분타
를 궤멸시키고 그 일로 자신이 소환되는 상황에서 살아보겠
노라고 도망쳤다는 말까지 진심 어린 어조로 호소했다.

　광마혈성이 말을 툭 뱉었다.

　"그래서 뭐?"

　"제자를 구하셔야……."

　"녀석을 내가 왜 구해야 하는데?"

　"그야 소중한 제자기 때문이지 않습니까?"

　"이 새끼야, 닭살 돋잖아!"

“죄, 죄송합니다.”

“생각하면 짜증나지만 녀석은 아무렇게나 사람을 죽이지
못한다. 그것도 항마원 아이들을? 클클, 지나던 개가 웃을 일
이지. 그리고 말이다. 만약에, 아주 만약에 녀석이 죽였다 치
자. 그게 또 뭐가 문제냐? 추격을 받고 있다고? 녀석이 잡힐
것 같으냐?”

팍, 팍!

광마혈성이 소요마선의 머리를 가볍게 갈겼다.

“착각하지 마라. 너 정도는 말이지 녀석이 마음만 먹으면
토막 쳐버릴 수도 있어. 어디 누구든 죽여보라지.”

소요마선이 믿을 수 없다는 듯 눈을 동그랗게 떴다.

‘날 토막 쳐버린다고?’

좀 억지가 심한 감이 있었다. 하지만 눈앞의 사람이 더 이
상 사람 같지도 않은 작자인지라 믿지 않을 수도 없는 노릇이
었다.

‘젠장, 지하에 함께 있으면서 아주 괴물을 만들어놓은 모
양이구나.’

그러나 지금 이 순간 중요한 것은 영호선의 안위 따위가 아
니었다.

‘내가 살아야지.’

용암 바닥을 뚫고 완전히 세상과 단절하지 않는 이상, 생명

을 보중하긴 힘든 일이었다. 어떻게 해서든 들어가야 한다.

광마혈성이 당장 이곳을 떠난 후 벌렁거리는 심장을 진정시

키는 것이 최선이겠지만 뭐 가지 않더라도 이 정도까지 성의

를 보였으니 빈 자리 하나 정도는 내주지 않겠는가.

"저기 그래도 한 번쯤 살펴보시는 편이……."

"이 새끼가!"

짜악!

소요마선의 모가지가 획 돌아갔다.

눈물을 억지로 참고 소요마선은 비장의 한 수를 꺼냈다.

"광마혈성님, 혹시 천사성모님의 소식을 들으셨는지요?"

"천사성모가 누구냐?"

아차차, 소요마선은 실수를 깨닫고 급히 말을 수정했다. 천

사성모라는 칭호는 광마혈성이 잠적해 버린 이후 생겨난 것

이었다.

"아, 첫째 제자님의 소식입니다."

"화운설? 걔가 천사성모냐? 허허허… 별호하고는……."

"네, 기뻐하십시오. 반로환동을 이루셨습니다."

"뭐라? 반로환동? 하하하하……."

소요마선은 모가지가 돌아간 채로 씨익 웃었다.

이건 통할 것 같았다.

"저 또한 기쁘기 한량없습니다."

"고 녀석은 전혀 다른 길로 갔구나. 후후후, 기특한지고. 그렇다면 보러 가지 않을 수 없지."

됐다. 소요마선은 쾌재를 불렀다.

모가지도 똑바로 했다. 이제 중요한 말을 해야 할 때였다.

"저기……."

그때 광마혈성이 몸을 일으켰다.

"이제 그만 닥쳐라. 아, 혹시나 해서 말인데 네놈이 나 없는 동안에 내 처소에 기어들어 갈 생각이라면 관두라고 말해주고 싶구나. 그건 그냥 지금 이 자리에서 죽여주십쇼 하는 거니까 정 원한다면 소원대로 해주마."

"헉! 저, 갈 곳이 없습니다. 제발 허락해 주십시오."

"내가 왜?"

"아무에게도 존재 여부를 말씀하지 말라 하셔서 은거한다는 서신 한 장만 달랑 남겨둔 채 잠마원주직을 팽개치고 도망 쳤습니다. 세상 어디에도 숨을 데가 없습니다."

"그러니까 이 새끼야, 그게 나하고 무슨 상관이냐고!"

"살려주십시오, 살려주세요."

늘그막에 이런 비참한 단어를 입 밖으로 낼 것이라고는 생각지도 못했던 소요마선은 오직 살아보겠다는 일념으로 광마혈성의 바짓가랑이에 매달렸다.

광마혈성이 어이없다는 듯 내려다봤다.

그리고,

"저리 꺼져!"

퍽!

"크아아악……."

걷어찬 발길질에 소요마선이 비명을 내지르며 실 끊어진 연처럼 날아가 용암이 흐르는 절벽 아래로 떨어졌다.

잠시 후, 비명 대신 다른 말이 울려 퍼졌다.

"앗, 뜨거! 앗 뜨거워~"

정신없이 절벽을 기어올라 온 소요마선의 몰골은 말이 아니었다. 추락 직전 호신강기를 끌어올리긴 했지만 온전치 못해 다리 한쪽을 가린 옷이 타버린 상태였다.

소요마선이 참지 못하고 소리쳤다.

"아무리 그래도 그렇지. 이거 너무 하신 것 아닙니까?"

생애 최초이자 최고로 용기를 내서 외친 말이었다.

하지만 이미 그곳엔 사람의 그림자조차 없었다.

第十一章
요마구궁진

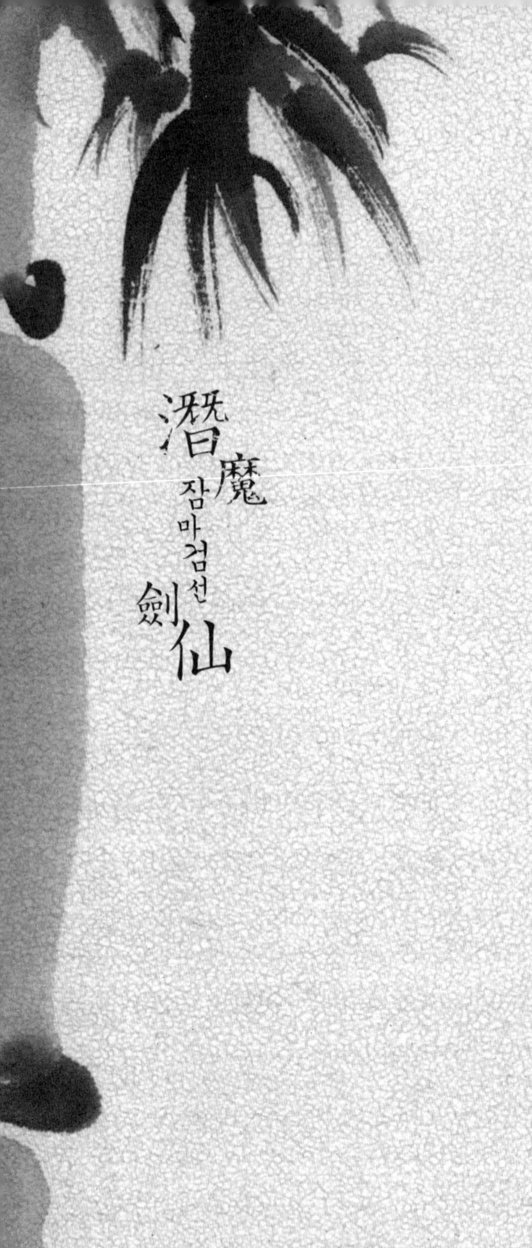

潛魔劍仙
잠마검선

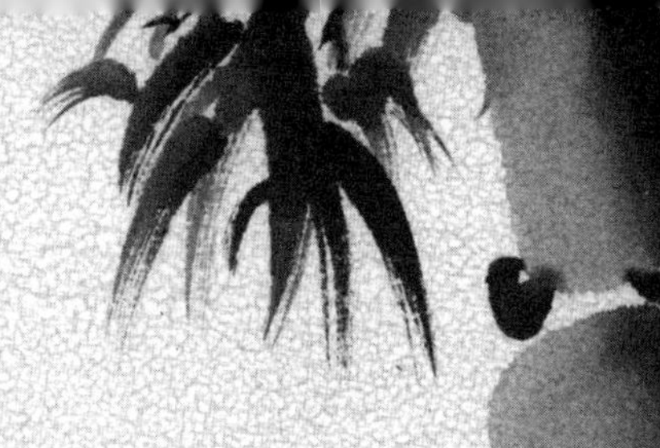

"으음……."

종남의 장로 태청검은 낮게 침음성을 흘렸다.

정오 무렵, 상남 외곽의 폐가에 당도했지만 폐가는 전혀 볼 수가 없었다. 대신 지금 그는 안개를 보고 있었다. 아니, 엄밀히 말해 이것은 안개가 아니었다.

본시 안개란 한 지역에 넓게 형성된다. 그러나 지금 눈앞의 안개는 정확히 선을 긋듯 일정한 공간에 펼쳐져 있었다. 전서를 통해 폐가에서 집결하기로 했기에 설마하니 폐가를 안개가 감싸고 있을 줄은 전혀 예상치 못한 일이었다.

또한 이곳에서라면 당연히 만날 수 있을 것 같던 이들도 볼 수 없었다.

괴선도, 북룡과 서룡참마대도, 화산파도…….

'역시 나름 대비를 하고 있었던 것이로구나. 진법을 펼쳐 놓다니.'

그때 곁으로 혁신월이 다가왔다.

"주변을 샅샅이 뒤졌습니다만 무림맹의 암호 표기는 찾을 수 없었습니다."

혁신월에게 주변을 탐색하라고 한 것은 괴선을 비롯한 무림맹의 고수들이 다른 곳으로 이동했는지, 아니면 현재 절진 안으로 들어갔는지를 알아보기 위함이었다. 일체의 암호 표기조차 없다면 상황은 명백했다. 이미 절진 안으로 들어간 것이 틀림없었다.

"종남도 절진으로 들어가도록 한다."

"장로님, 기다려 보시는 것이 어떻습니까?"

"무슨 뜻이냐?"

혁신월은 '설마 두려운 것이냐?'라는 말이 숨겨져 있음을 깨닫고 바로 답했다.

"두려워서가 아닙니다. 무림맹의 전서에는 종남과 화산이 합류한 뒤에 공격을 감행한다고 하였습니다. 암호 표기가 없다는 건 절진 안으로 들어갔다기보단 잠시 자리를 옮긴 것일 수도 있습니다. 만약 무림맹의 고수들 없이 종남만이 절진으로 들어가는 것이 된다면 큰 화를 초래하는 것이기 때문입니다."

태청검이 고개를 저었다.

"그렇지 않다. 만약 그들이 다른 곳으로 이동했다면 최소한 북룡참마대나 서룡참마대원 중 한 명 정도는 남겨두었을 터. 이는 포위하던 중에 절진이 발동한 것이라고밖에는 볼 수 없다. 절진은 미리 발동한 것이 아니라 예상치도 못한 순간에 발동한 것이겠지. 어떤 위험이 도사리고 있을지는 알 수 없으나 종남이 머뭇거린다면 희생을 방관하는 것이 되고 말 것이다."

혁신월도 이내 납득한 얼굴로 머리를 숙였다.

"기꺼이 명을 따르겠습니다."

태청검이 태을검수들을 향해 돌아섰다.

"들으라. 일각 후 절진 안으로 들어갈 것이다. 지금 당장 태을검수들은 태을심공을 운용하여 절진의 위험에 대비하라."

즉시 태을검수들이 가부좌를 틀고 앉았다.

태을심공은 종남의 현묘하기 이를 데 없는 정심한 심공으로 사악한 기운의 침범을 막고, 온전히 사물을 관조할 수 있는 공능이 있었다.

태청검은 시선을 돌려 중년 여인을 바라봤다.

그녀는 자못 심각한 표정으로 안개를 노려보고 있었다.

"여협은 밖에서 기다리도록 하시오. 절진이 파훼된 다음에 손을 써도 기회는 충분할 것이오."

비록 그녀가 섬서사악을 제압하고, 악적 영호선에 원한이 있다 하더라도 그로선 절진에 드는 것은 만류하고 싶었다.

"아니요. 이곳까지 와서 뒷짐만 지고 있을 순 없는 일이지요. 종남파에서 기다리기로 결정했다면 전 혼자서라도 들어갈 생각이었습니다."

"부디 몸을 보전하길 바라겠소."

"물론입니다."

중년 여인, 아니, 영호선은 가볍게 머리를 숙여 보인 후, 다시 안개 쪽으로 시선을 던졌다.

귓가로 잠마의 떠드는 소리가 들려왔다.

'야, 이거 후회가 막심하네. 잠마원에 있을 때 가장 소홀히 여긴 것이 진법이잖아. 이런 날이 올 줄 알았어야 말이지.'

그랬다. 진법 따위야 소심한 놈들의 자기 방어 정도로 취급하고 거의 건성으로 시간을 때우다시피 했다. 당시에는 진법을 펼치기 전에 때려죽이거나, 아니면 진법을 펼치고 숨는다면 나올 때까지 느긋하게 기다렸다 쳐죽이면 된다고 생각했었다.

'소인은 한 가지가 떠오르긴 합니다.'

'흥, 뭘 또 알은체냐?'

항마의 말에 잠마가 콧방귀를 뀌었다.

‘안개의 형태를 띤 절진은 환영을 만들어내는 류가 대부분이라는 가르침이었습니다.’

영호선은 고개를 끄덕이다가 이내 인상을 찡그렸다.

제길 또 환영인 거냐? 환영이라면 이제 지긋지긋했다.

절진이 환영을 만들어내는 것이라면 영호선으로서는 거의 하루 종일 절진을 펼치고 있는 것이나 다름없다.

‘휴우, 그래. 어느 쪽 환영이 더 센지 한번 해보자꾸나.’

‘어이, 근데 말이다. 아까부터 찝찝하다. 누가 엿보고 있는 기분이야.’

잠마가 두리번거리며 말했다.

‘이미 종남이 샅샅이 주변을 뒤지지 않았습니까?

항마는 대수롭지 않은 말투였다.

‘이 자식아, 그러니까 기분이 그렇다고.’

영호선도 석연치 않은 느낌을 떨칠 수 없어 사방을 쭉 훑어보았다. 그러다 한 곳에 멈췄다. 너무 희미해 긴가민가할 정도의 기척이었다. 어쩌면 눈앞에 가짜 놈을 두고 있어서인지도 모른다 싶었다.

그때 잠마가 훌쩍 신형을 날렸다.

‘내가 가봐야겠다.’

‘그래.’

영호선은 순순히 잠마의 뜻에 동의했다. 하지만 이내 자신이 뭔 짓을 한 것인가 싶어 실소를 머금었다.

잠마는 환영체다. 자신이 보는 것을 보고, 자신이 생각하는 범주에서 생각하고, 그동안의 기억과 무의식을 끄집어낼 뿐이었다. 가서 알아본다고 알아지는 것이 아닌 것이다. 자신이 직접 움직이기 전에는 말이다.

잠마는 의심스러운 곳을 여기저기 기웃거리더니 이내 검을 뽑아 주변을 난도질하기 시작했다.

'휴우, 적당히 좀 하자, 영호선아…….'

그러나 한순간 퍼뜩 이상한 느낌이 들었다.

'어라, 이건 뭐지?'

잠마는 분명히 상상의 산물이었다. 그런데 지금은 뭔가 달랐다. 그건 마치 잠마가 살아 있는 느낌이었고, 잠마가 보고 있는 것을 자신이 잠마를 통해 보는 것 같았다.

'뭐야? 뭐가 이렇게 복잡해. 제기랄, 헷갈리잖아.'

웃기지도 않은 생각이었지만 문득 잠마가 실체고, 자신이 환영이 아닐까 하는 생각까지 들었다.

'이 멍청아, 무슨 생각을 하는 거야.'

영호선은 머리를 쥐어박았다.

잠마는 검을 곧추세우고 있었다.

잠마가 말했다.

'이상해. 베어버려야겠다. 괜찮지?'

영호선이 입을 쩝쩝대며 '맘대로 해라' 라고 속으로 중얼거렸다.

그런데 그때였다.

스윽!

칼바람이 이는 소리가 났다.

이어 나무 중간이 잘려 나가며 쓰러졌다.

쿵!

"헉!"

영호선은 입이 귀까지 찢어진 것도 모를 만큼 놀라고 말았다.

'말도 안 돼.'

눈으로 보고 있으면서 허락하긴 했지만 나무를 베어버린 것은 분명히 잠마였다. 잠마가 검을 막 거둬들이고 '뭐야, 아무도 없잖아' 라고 신경질적으로 말을 뱉어내고 있었다.

'저 새끼 도대체 어떻게 저럴 수 있는 거지? 잠마는 분명 나잖아? 안 그래? 이게 정말 말이 되는 거야?'

놀란 것은 영호선만이 아니었다.

"누구냐!"

장로 태청검이 번개같이 신형을 날려 십여 장 너머의 잘려 나간 나무에 내려섰다.

그 뒤를 따라 다급히 운기를 거둔 태을검수들이 분분히 신형을 날렸다.

그와는 반대로 잠마는 투덜거리면서 돌아오고 있었다.

'아무도 없었다. 분명히 뭔가 있는 것 같았는데 말씀이야.'

영호선이 소리쳤다.

'잠마!'

'왜 인상은 쓰고 지랄이야.'

'네놈이 나무를 벤 거냐?'

영호선은 스스로도 말이 안 된다고 생각했지만 또 한편으로는 거의 확신하는 자신이 혼란스러웠다.

'이 자식이 뭐라고 그러는 거야. 보고도 모르냐? 베라며?'

종남파의 고수들은 주변을 샅샅이 훑고 있었다. 영호선은 그들의 노력이 아무 의미도 없다는 것을 알 수 있었다. 어떻게 잠마가 나무를 벨 수 있었는지 알 것 같다가도 접근하려고 하면 그 뭔가가 신기루처럼 사라졌다.

영호선은 항마를 바라봤다.

항마는 빙그레 미소를 짓고 있었다. 다 알고 있다는 여유가 가득 묻어났다.

'대체 이것들 뭐야?'

그때 태청검이 다가왔다.

"혹시 누군가를 보지 못했소?"

영호선이 고개를 저었다. 잠마를 보고 있었노라는 말은 꺼낼 수는 없는 일.

"저도 놀라울 따름이에요. 그곳을 보고 있긴 했지만 사람의 그림자는 보지 못했으니까요."

"휴우, 괴이한 일이 아닐 수 없소이다. 나무가 잘려 나간 단면을 보니 분명 검기나 검강에 의한 것이거늘 어떻게 된 영문인지."

"장로님!"

혁신월이었다.

"주변엔 아무도 없습니다."

"흐음… 일이 어렵게 되는군. 보이는 적보다는 보이지 않는 적이 더 까다로운 법이거늘……."

영호선은 태청검이 어떤 고민을 하는지 알 수 있었다.

절진 안으로 들어가기로 결정을 내릴 때와 달리 지금은 등 뒤에 적을 둔 셈이란 판단 때문에 종남이 예기치 못한 적의 출현에 대비해야 한다는 생각을 하고 있으리라.

아니나 다를까, 태청검이 입을 열었다.

"종남은 이곳을 지켜야 할 것 같군. 빙화 여협은 어떻게 하시겠소?"

영호선은 그건 잠마의 소행이라고 말할 수도 없는지라 고개를 끄덕였다.

"그리하시는 게 좋겠어요. 그러나 저는 들어가겠습니다."

“괜찮겠소?”

“제 한 몸은 지킬 수 있습니다.”


*　　　*　　　*


“염가야, 보았느냐?”

“공가야, 노부도 보았느니라.”

“염가야, 공가야, 이 손가는 보지 못했느니라.”

세 노인이었다. 그들은 멀찌감치 떨어져 안개 쪽을 바라보
고 있었다. 의혹과 당황이 한데 뒤엉켜 세 노인 모두 주름이
짙어져 있었다.

“손가야, 네 눈도 이제 버려야겠구나.”

“염가야, 너는 그럼 보았다는 말이냐?”

“아니다. 아니다. 보았다고 할 수 없다. 아니, 아니 그것도
아니니라. 보았지만 본 것을 믿을 수가 없느니라.”

“나 또한 그러하구나. 정녕 심검이었더냐?”

“심검이 아니고는 설명할 수 없도다.”

“염가야, 공가야, 우리는 방금 죽을 수도 있었느니라.”

“저 통통한 여인이더냐?”

“그러하다. 그러하다. 계속해서 우리를 노려보고 있었지
않느냐?”

"태청검은 결코 아니니라."
"공가야, 손가야, 저 여인을 알아보겠느냐?"
"모르느니라. 오늘 일이 어긋난다면 저 여인 때문이리라."
"우리 세 늙은이는 오늘 죽음을 생각하여야겠구나."
"……."
"……."


＊　　　＊　　　＊


단 일보(一步)!
안개 속으로 한 걸음을 옮겼을 뿐이다.
그 순간 주변 정경은 전혀 딴 세상이 되어 있었다.
'이건 또 뭐야? 왜 침소가 튀어나와? 폐가라며!'
잠마의 말대로였다.
화려한 문양이 방 안 곳곳을 수놓았고, 맞은편에는 침상이
놓여 있었다.
영호선도 바로 불만을 터뜨렸다.
"원래 절정의 미색을 갖춘 여자가 옷을 훌러덩 벗고 있어
야 하는 것 아니냐?"
'내 말이!'
잠마가 호응했고, 항마는 신색을 무겁게 가라앉혔다.

희망사항은 곧바로 이루어졌다.

─호호호, 소녀를 기다리셨나요?

요염한 웃음소리와 함께 잠자리의 날개처럼 투명한 옷을 걸친 여인이 사뿐사뿐 다가왔다.

그녀는 선녀와 같은 아름다움을 지녔고, 가슴은 풍만하고, 허리는 잘록했다. 그 어떤 남자라도 심장이 멎는 충격에 사로잡힐 만했다.

그때 항마가 침상 위의 얇은 이불을 들고 와 여인의 몸을 덮었다.

잠마가 바로 울화를 터뜨렸다.

'야, 너 지금 무슨 짓이야. 이불 치우지 못해!'

'소인이 배우기로 여자란 자고로 몸이 차가워선 안 된다고 했습니다.'

'닥치지 못해. 지가 보여주고 싶다잖아. 야, 거기 여자! 이불 내던져 버려.'

'감기 걸리십니다. 그냥 두십시오.'

여인이 어쩔 줄 몰라하며 잠마와 항마를 보며 이불을 걷었다 걸쳤다 했다.

영호선은 실소를 머금었다.

‘호호, 웃기지도 않네.’

저 여인도 환영이고, 잠마와 항마도 환영이었다. 황당한 일이 아닐 수 없었다. 이 환영놈들이 서로 티격태격할 뿐 아니라, 환영 여인은 잠마와 항마를 보며 당혹스러움을 금치 못하고 있는 것이다.

‘아주 항마와 잠마가 물을 만났구나. 응? 잠깐만 근데 이게 말이 되는 거야?’

분명 저 여인은 진법의 환영이 틀림없었다. 그리고 항마와 잠마는 자신이 만들어낸 환영. 오직 자신만이 볼 수 있고, 이야기를 나눌 수 있었다. 그런데 환영의 여인은 잠마와 항마를 향해 ‘저, 저기…’ 하면서 어쩔 줄 몰라하고 있는 것이 아닌가.

‘환영끼린 원래 통하나?’

말도 안 되는 생각이었지만 눈앞에서 세 놈이 엮여 있지 않는가.

영호선이 외쳤다.

“잠마!”

‘뭐!’

“여자를 때려봐.”

‘왜?’

“이 새끼야, 하라면 좀 하란 대로 해.”

짜악!

잠마의 손이 날고, 여자의 고개가 돌아갔다.

'됐냐?'

"좋아, 좋아."

'미친 새끼.'

영호선은 잠마의 욕을 한 귀로 흘리고, 곰곰이 생각에 잠겼다.

처음 여인이 방으로 들어와 요염한 미소를 흘릴 때, 영호선은 색욕을 불러일으키는 환상임을 알 수 있었다. 또한 그것이 자신에게 아무 소용이 없다는 것도.

'지하 동부에서 환락도를 넘어섰으니까 말씀이지.'

검절을 심마로 이끌었을 정도의 환락도였다. 진법이 무슨 묘용을 부린다 할지라도 색욕의 환상 따위에 잠식당하고 싶어도 당할 수 없는 것이 현재의 영호선이었다.

그런데 생각지도 않게 잠마와 항마가 진법의 환영과 의사소통을 하고, 그것도 모자라 후려갈긴다고 여인의 뺨이 돌아간 것은 신기한 일이 아닐 수 없었다.

'내 상태가 점점 더 미쳐 가는 것일까?'

잠마가 나무를 베어버린 것이 현실로 나타난 것이며, 진법 안에서 만난 환영의 여인이 울상을 짓고 있는 것을 보고 있자니 도대체 뭐가 어떻게 돌아가는 것인지 알 수가 없었다.

'에라, 모르겠다. 될 대로 되라지.'

영호선은 일단 부딪치고 보자는 생각에 환영의 여인을 향
해 말했다.
"우릴 절진 밖으로 인도해라."
여인이 흠칫 몸을 떨었다.
그러나 그것도 잠시, 갑자기 웃음을 터뜨렸다.

—호호호호, 본녀가 오늘 황당한 경우를 당하는구나.

너무나 급작스러운 변화라 뚱하니 바라보고 있을 때였다.
잠마가 버럭 외치며 달려들었다.
'울다가 웃다가 뭔 짓이야.'
파악!

—으아아악!

방금까지 기세등등하게 웃던 여인은 꼴사납게 바닥을 나뒹
굴었다. 덕분에 여인의 옷이 젖혀지며 등과 엉덩이가 고스란히
드러났다. 항마가 제 할 일이 생겼다는 듯 이불을 덮어주었다.

—왜 때리는 거예요?

'울다가 갑자기 미친년처럼 웃으니까 놀랐잖아.'

―또 때릴 거예요?

여인이 몸을 일으키면서 불쌍한 표정을 지었다.
'아니. 또 갑자기 웃으면 그땐 죽어 버릴 테야.'

―당신들은 이상한 사람들이군요. 제 요염한 몸이 탐나지
않으세요? 안고 싶지 않아요?

'무슨 개소리야. 너보다 백배는 예쁜 환락도를 지긋지긋하
게 봤는데.'
잠마가 짜증스럽게 말했다.
영호선으로서는 별다른 할 말이 없을 정도로 착착 둘이 잘
도 얘기를 나누었다.

―호호호호호, 본녀보다 예쁘다고? 너희들이 내 매력을 아
직 다 모르나 보구나.

여인은 다시 마녀처럼 웃으며 이불을 걷어내고 반투명한
잠자리 날개 같은 옷을 벗으려 했다.

휙!

항마가 어느새 주먹을 날렸다.

퍼억!


—끼야악!


여인이 벽에 부딪쳐 나뒹굴었다.

영호선과 잠마가 어안이 벙벙해 항마를 쳐다봤다.

항마가 어쩔 줄 몰라 하며 얼른 이불로 여인의 몸을 가렸다.

'죄, 죄송합니다. 전 또 옷을 벗으시려 하기에 그만.'

영호선이 쩝쩝 입을 다셨고, 잠마는 클클거리며 웃었다.

여인은 서럽게 눈물을 흘리며 항마를 흘겨봤다.


—흑흑흑, 그래도 이 새낀 좀 나은 줄 알았더니.


'크하하하하!'

"호호호."

잠마와 영호선이 참지 못하고 웃고 말았다.

항마는 쭈뼛쭈뼛 딴청을 부렸다.

'이제 알겠지? 쓸데없는 짓 하지 말고 꺼져라.'

잠마가 말했다.

영호선은 바로 고개를 저었다.
"우리를 밖으로 인도해라."

—알겠어요.

여인은 이불을 옷처럼 두르고 앞장서며 '나쁜 새끼들'이라고 중얼거렸다.
영호선은 퍼뜩 다른 생각이 떠올랐다.
'나 혼자 나간다고 될 일이 아니잖아.'
만약 절진 안으로 무림맹의 고수들이 들어왔다면 아예 절진을 해제시키는 것이 나을 성싶었다.
말을 꺼내기도 전에 항마가 여인에게 물었다.
'죄송합니다만 혹시 절진 안에 갇혀 있는 분이 있으신지요?

—일부는 절진을 벗어났지만 대다수는 갇혀 있답니다.

'한 가지 더 부탁드려도 되겠는지요?

—네, 말씀하세요. 당신도 절 때리긴 했지만 저기 저분보단 나은 것 같으니까요.

잠마가 바로 손을 치켜들었다.

'이게 아직 덜 맞았구나.'

─엄마야!

'함부로 입을 놀리면 그땐 진짜 목을 따버릴 거야.'

여인은 아랫입술을 깨물고 노려볼 뿐 섣불리 입을 열지 못했다.

영호선은 그저 보는 것만으로도 한숨이 나왔다.

'이거 혹시 꿈인가? 이래도 되는 거야?'

그때 항마가 물었다.

'부탁드립니다. 절진을 해제해 주십시오.'

여인이 바로 곤혹스러운 표정을 지었다.

─그건 제 능력으로는 할 수 없는 일이에요. 해제할 수 있는 곳까지 모시고는 갈 수는 있는데 괜찮을까요?

'네, 괜찮습니다.'

여인이 힐끗거리며 잠마의 눈치를 보면서 걸음을 옮기자, 항마가 여인의 어깨를 감싸고 나란히 걸었다.

영호선은 입을 쩝쩝거리며 그 뒤를 따랐다. 이러다 항마가 저 여인과 사귀겠다는 말까지 듣는 것은 아닌가 염려될 정도였다.

　이윽고 여인이 걸음을 멈추고 손을 들어 한곳을 가리켰다.


　─저곳이에요.


　영호선이 보니 거대한 한 그루의 나무였다. 십 층 석탑 정도는 족히 될 듯한 크기였다.

　'어쩌라고?'

　생각에 반응한 것인지 항마가 바로 질문을 던졌다.

　'어떻게 하면 되는 것인지요?'


　─나무를 자르면 돼요.


　'간단하네.'


　─저는 돌아가야 해요. 다른 멍청한 사람들을 미혹해야 하거든요.


　여인이 기묘한 웃음을 지었다. 나름 색기를 물씬 풍긴다고 풍겼지만 영호선은 그저 싱긋 웃는 것 같았다.

　'가면 갔지. 미혹하러 간다고 말하는 건 또 뭐냐?'

'미혹을 하든 말든 알아서 하고 얼른 꺼지기나 해.'

잠마의 말이 떨어지기 무섭게 여인은 총총히 사라져 갔다.

영호선은 신형을 날려 나무 앞에 이르렀다.

그때였다.

번쩍.

나무가 눈을 떴다.

나무의 중간 부분에 인간의 눈 같은 것이 깜박이기까지 했다.

굉장히 신기한 광경이었지만 영호선은 놀라지 않았다.

이곳에서야 무엇을 보든 모두가 환상일 뿐.

한순간 나뭇가지가 쭉 늘어지더니 채찍처럼 뻗어왔다.

영호선은 훌쩍 뛰어 물러났다.

"이봐, 눈이 있을 정도면 입도 있을 테니 말로 하는 건 어때?"

그러자 나무가 눈을 연신 깜박였다.

그리곤 이내 그 아래 입 모양이 생기는 것 같더니 말을 하
기 시작했다.


―아주 특이한 놈이로구나.


"그래 좀 특이하긴 하지."

영호선이 말을 이었다.

"내가 원하는 건 진법을 해제하는 거다. 정중히 부탁하마.

내가 널 파괴하지 않도록 말이야.”

　—그건 내가 창조된 목적과 어긋나는 일이다. 그럴 수 없다.


　“이봐, 물론 그건 이해하겠는데 죽으려고 만들어진 것은
아닐 거잖아. 좋게 말로 할 때 그냥 거둬들이는 게 어때?”


　—음…….


　나무는 나뭇가지를 팔처럼 끌어당겨 눈 주변을 어루만졌
다.
　나름 상당한 고심을 하고 있는 모양새였다.


　—넌 네가 특별하다는 것을 알고 있나?


　“응? 내가 뭘?”


　—네가 만들어놓은 너만의 진법이 양옆에 있지 않느냐?


　“너도 잠마와 항마를 볼 수 있어?”

―물론이다. 그들과 나는 같은 유형이니까. 나는 절진에 의해 존재하고, 그들은 너로 인해 존재한다. 넌 그들의 조종자 같은 것이지.

"무슨 소릴 하는 거야. 이놈들은 존재하질 않아. 그냥 환상체라고."

―과연 그럴까. 아직 모르고 있는 것 같구나. 하긴 올바른 방법으로 만들어낸 것은 아닌 것 같으니… 좋다. 네 원하는 바를 들어주지. 하지만 그들이 내게 부탁해야 한다.

잠마가 말했다.
'뭔 시답잖은 소리야. 야, 닥치고 얼른 해체하기나 해.'
그러나 항마는 정중히 머리를 숙였다.
'부탁드립니다. 오로지 바라는 바는 사람들이 다치지 않기를 바라는 마음뿐입니다.'
나무가 지그시 눈을 감았다 떴다.

―부족하다.

영호선이 잠마를 향해 버럭 성질을 냈다.

"잠마, 똑바로 못해."
'이 새끼가 어디서 눈알을 부라려. 나보고 어쩌라고.'
"정중히 말을 하란 말이야."
'내 씨발, 더러워서.'
욕을 내뱉고 잠마가 나무를 향해서 말했다.
'부탁한다.'
나무가 껄껄껄 웃음을 터뜨렸다.

─됐다. 그 정도면.

그 순간 나무가 사라지기 시작했다.
그리고 이내 나무는 작은 깃발이 되고 말았다.
한순간 정경이 바뀌어갔다.

# 第十二章

## 폭혈공

潛魔
잠마검선
劍仙

절진이 해체되는 과정은 신비로웠다.

금빛 모래가 허공에 뿌려졌고, 모래가 지나간 뒤엔 원래대
로의 세상이 모습을 드러냈다.

'와우, 이거 끝내주게 멋지네.'

잠마가 입을 쩍 벌리며 감탄했다.

항마는 그와는 반대로 무거운 침음성을 흘렸다.

영호선 또한 눈에 비친 광경은 신비로웠지만 잠마처럼 한
가롭게 탄성이나 지를 수만은 없었다.

절진이 완전히 걷어진 후 가리어진 광경이 드러났다.

십여 장 앞쪽으로 괴선이라고 짐작되는 노인이 가짜 영호선과 다섯 명의 가면인과 싸우고 있었다. 다시 그 옆으로는 보운장에서 만난 적 있는 북룡참마대주와 서룡참마대주일 것으로 보이는 이가 각기 열 명의 가면인과 맞붙은 상황이었다.

빠르게 전황을 살피던 영호선은 비명을 내지를 뻔했다.

매화 문양의 도복 차림의 화산 장로가 검격을 뿌리고 있는 상대 때문이었다.

괴선과 북룡, 서룡대주, 그리고 화산 장로만이 절진을 빠져나와 적을 상대하고 있고, 나머지 대다수가 가부좌를 튼 채 이제 겨우 몸을 일으키려 한다는 것과 그중 몇 명이 환상에 홀려 실오라기 한 올 걸치지 않고 땅에 몸을 비벼대고 있다는 것은 눈에 들어오지도 않았다.

잠마와 항마도 입을 쩍 벌렸다.

'저 녀석들이 왜 여기에 있는 거야?

'서, 설마 가짜를 진짜로 믿고 있는 것일까요?

잠마원의 기재들이었다.

그것도 익숙한 얼굴들인 유은령과 초이량, 독상군, 청당, 소묘희였다. 영호선으로서는 혼이 빠져나갈 정도의 충격이었다.

'저 멍청이들, 틀림없어. 나라고 착각한 거야. 엉뚱한 협박에 시달렸으려나?

어쩌면 유은령도 단단히 한몫을 했을 것 같았다.

상황은 잠마원의 기재들에게 유리하지 않았다.

절진의 환상에 대항하며 가부좌를 틀고 있던 북룡과 서룡의 참마대원들, 그리고 화산의 매화검수들이 자리를 떨치고 일어났다.

그중 환상이 실체인 양 허우적대던 서너 명은 절진이 해제된 후 바로 뛰어든 종남의 검수들에 의해 서둘러 몸을 추스르고 있었다.

절진이 해제되기 전에도 무림맹 쪽의 우세였던 터라 전세는 더욱더 급격히 기울었다.


*　　　*　　　*


"염가야, 끝이 다가오고 있구나."

"그렇느니라. 이 염가는 요마구궁진이 이렇게 허무하게 무너질 줄은 꿈에도 생각지 못했구나."

"손가야, 공가야, 저 여인이라고 생각하느냐?"

"그 누가 있겠느냐."

"괴이하구나. 괴이하구나."

"위험할지 몰라도 정녕 저 여인과 손속을 겨루어보고 싶구나."

“염가야, 염려 말거라. 시간은 우리 편이지 않느냐.”

“오오오. 손가야, 공가야, 청귀와 누귀들이 폭혈공을 시전할 때가 되고 말았도다.”

“청귀와 누귀들이여… 그대들의 희생을 헛되이 하지 않겠노라. 부디 극락왕생하길 노부는 바라도다.”

“잠마원의 아이들이여… 너희 또한 대의를 위해 죽어야 하니 이 노부 안타까움을 금할 길이 없도다. 부디 극락왕생을 비노라.”


*　　　*　　　*


영호선은 꼼짝도 할 수 없었다.

절진을 해제한 덕분에 가짜놈과 무리는 궤멸 직전이었다.

하지만 잠마원의 기재들까지 그 덕분에 위기에 몰려 있었다.

북룡참마대원 다섯이 가세한 것이 치명적이었다.

잠마와 항마에 이어 또 하나의 환상체마냥 괴선과 맞서 싸우던 가짜 놈도 연신 위태롭게 신형을 흔들고 있었다. 비록 곁에 가면인들이 혼신의 힘을 쏟아붓고 있었지만 황빙빙의 목숨 값을 받기 위해 달려든 화산의 매화검수들의 손속은 인정사정이 없었다.

'이러다 다 죽게 생겼다. 그냥 보고만 있을 참이냐!'

잠마가 버럭 외쳤다.

항마도 나섰다.

'잠마원의 기재들을 구해야 합니다!'

영호선도 알고 있었다. 그래서 더 짜증이 나고, 화가 솟구쳤다.

원래대로라면 가짜 놈쪽으로 몸을 날려 놈이 괴선에게 죽기 전에 제압하여 정체를 백일하에 드러나게 해야 했다.

'제길! 머저리 같은 놈들!'

그때였다. 영호선이 막 잠마원의 기재들 쪽으로 신형을 날리려는데 가짜 놈 부근에서 거대한 한줄기 외침이 터져 나왔다.

"마도천하!"

괴선을 상대하던 우는 형태의 가면을 쓴 자 중 하나였다.

생사가 오고 가는 격전 중에 기합을 불어넣는 것이라고 보기 힘든 절절함이 가득했다.

'뭐 하자는 거야?'

잠마의 짜증에 가면인이 몸으로 대답했다.

그의 몸이 공처럼 부풀어 올랐다.

"웅?"

'뭐야?'

‘독에 당한 걸까요?’

영호선과 잠마와 항마가 각자의 감상을 토했다.

부풀어 오른 가면인은 망설임없이 괴선을 향해 몸을 던졌다.

그야말로 생사를 도외시한 채였다.

괴선이 크게 외쳤다.

“폭혈공이다! 모두 피해라!”

콰앙!

공처럼 둥그렇던 가면인의 몸이 괴선의 눈앞에서 터져 나갔다. 그의 살과 피가 마치 암기처럼 주변 삼 장여를 폐허로 만들었다.

괴선의 외침에 매화검수들이 분분히 신형을 뒤로 뺐기에 망정이지 조금이라도 늦었다면 모두 치명상을 면치 못했을 터였다. 괴선은 소맷자락이 찢겨지는 정도의 피해에 그쳤을 뿐이었다.

그러나 그것은 시작에 불과했다.

다섯 가면인의 몸이 일제히 부풀어 올랐다.

“마도천하!”

동시에 외친 소리에 땅이 흔들렸다.

멀찌감치 떨어져 있던 무림맹의 고수들과 화산과 종남인들을 향해 가면인들이 거침없이 달려들었다.

쾅, 쾅, 쾅, 쾅, 쾅!

정도 고수들은 허겁지겁 몸을 빼내기 바빴다.

더 이상 정상적인 싸움을 할 수 없는 상황이었다.

영호선도, 괴선도, 북룡과 서룡, 그리고 종남과 화산도 넋이 나가 버렸다.

그러나 그들 중 가장 큰 충격을 받은 것은 잠마원의 기재들이었다.


'자폭이라니!'

잠마원 기재들의 머리엔 이 한마디가 동시에 떠올랐다.

초이량과 유은령, 독상군과 소묘희, 그리고 청당은 지금 벌어지고 있는 상황을 눈으로 보고도 도저히 믿을 수가 없었다.

도대체 어쩌다 일이 이렇게까지 꼬이게 되었단 말인가.

그들은 연신 몸을 터뜨리는 가면인들을 피해 움츠린 채로 영호선 쪽을 바라봤다.

이 모든 책임은 단연코 영호선이었다.

가면인들이 하나둘 동귀어진을 목적으로 정도고수들에게 몸을 던지는 모습은 끔찍스러웠다. 그런데 지금 영호선은 한쪽 입꼬리를 올리며 흐뭇하게 웃고 있었다.

유은령은 안타까운 눈빛으로 바라보고 있었지만 나머지 네 사람은 몸을 부르르 떨었다.

지금 이 난감한 상황에 처하게 된 것은 한 달 전부터가 그 시작이었다.

잠마원의 외부실전교육인 '잠마현신' 이 발표되었고, 잠마현신의 영광 아닌 영광을 누릴 권한은 잠마원 서열 삼십위까지에게만 주어졌다.

잠마원 내의 조는 무시되고, 여섯 개의 잠마현신이 서열별로 뒤섞여 분류 결합되었다.

잠마오현신!

그 면면은 유은령, 초이량, 소묘희, 독상군, 청당이었다.

두목은 유은령으로 결정되었고, 초이량과 독상군등은 자신의 운명을 저주했다.

그래도 부여된 임무에 따라 호북에 있을 때만 해도 모든 것이 순조로웠다. 무력 행사랄 것도 없이 눈알에 힘만 주고 있는 것으로 상황이 정리되었다.

문제가 생긴 것은 복귀 도중이었다.

한껏 어깨에 힘을 주고 잠마원으로 돌아가던 중 유은령이 이대로 돌아갈 수 없다며 정파 놈들 대가리 몇 개라도 들고 가야 한다고 중얼거린 것이다.

아무도 토를 달지 못했다. 그래, 그냥 모가지 몇 개 들고 가는 것이야 나쁘지 않지. 후딱 처리해 버리자, 라는 것이 모두의 생각이었다.

그러던 중 뜻하지 않게 마주친 것이 영호선이었다.

기겁을 한 것은 당연했다.

용암으로 자신을 밀어버린 범인을 보고 영호선이 어떻게 나올지 알 수 없었다.

한데 영호선은 그까짓 일은 예전에 잊었다면서 자기의 사연을 말하기 시작했다.

잠마원에서 탈출한 것은 탈출이 아니라 사실은 마도련 총단의 비밀 임무를 받고 떠난 것이라는 설명이었다.

그 임무의 연속으로 항마원에 입부하게 되었고, 항마칠단을 도륙했다는 이야기를 듣게 되었다.

쫓기고 있기 때문에 도움이 필요하다는 말도 덧붙였다.

두목인 유은령이 쌍수를 들고 환영한 것은 말할 것도 없었다. 그때부터 시작된 도주가 이제 폐가에 이르게 되었고, 마도련의 고수들로 추정되는 가면인들과 함께 이들을 맞이하게 된 것이다.

그런데 지금 눈앞에서 애초부터 작정하고 있었다는 듯 자폭이 이루어지자, 정녕 도저히 보고도 믿을 수 없게 되고 만 것이다.


영호선으로 역용한 청귀는 자신의 때가 다 되었다는 것을 잘 알고 있었다. 연쇄적으로 폭발을 일으키고 있는 수하들이 자랑스러웠다. 무림맹의 북룡과 서룡참마대의 피해가 속출했다.

이제 남은 수하의 숫자는 고작 셋.

그들이 괴선을 향해 달려드는 것이 보였다.

콰앙, 콰앙, 콰앙!

연달아 세 번의 폭음과 함께 괴선의 옷이 누더기처럼 찢어졌다.

그래도 별다른 타격은 입지 않은 듯 괴선은 신광을 번뜩이고 있었다.

'좋아, 좋아. 너희를 죽이려고 벌인 짓이 아니니까.'

청귀가 크게 웃었다.

"하하하하하!"

모두의 시선이 청귀에게로 향했다.

"내 비록 항마칠단을 도륙하긴 했으나 여기에서 죽음을 맞고 마는구나. 후회는 없다. 조만간 온 천하가 마도의 깃발 아래 놓일 것이니."

청귀는 그 말을 끝으로 폭혈공을 시전했다.

그의 몸이 부풀어 올랐다.

그때 유은령이 소리치며 신형을 날렸다.

"영호선! 그만둬!"

잠마원 기재들을 주시하고 있던 영호선은 즉시 유은령을

향해 장력을 펼쳐 진로를 차단했다.

잠마가 고함을 내질렀다.

'멍청아, 영호선은 이쪽이야!'

청귀의 몸은 한없이 부풀어 올랐다.

누구에게 달려들어 함께 죽겠다는 것이 아닌 서 있던 자리에서 스스로 목숨을 끊고자 하는 폭혈공이었다.

괴선과 무림맹, 그리고 종남과 화산 모두 망연자실 지켜볼 수밖에 없었다.

그러던 한순간.

"호호호호호! 내 허락 없이 죽겠다는 것이냐!"

한줄기 빛살이 청귀를 향해 날아들었다.

유은령을 경계하며 부풀어 오르는 몸을 보고 있던 영호선은 빛살을 알아보고 내심 경악성을 터뜨렸다.

'화운설!'

잠마와 항마도 입이 쩍 벌어졌다.

화운설은 가짜 영호선을 향해 달려들더니 순식간에 가슴과 머리를 연달아 찍어 누른 후, 목을 움켜쥐고 허공으로 날아갔다. 어떤 수법을 사용했는지 멀어져 가는 도중에도 폭발은 없었다.

괴선이 그 뒤를 쫓았다. 이어 북룡참마대와 서룡참마대가 신형을 날렸고, 화산의 장로 태허자가 화산의 매화검수와 종남의 태청검을 향해 무슨 말인가를 남기고, 바로 추격에 나섰다.

더불어 그때까지 멀찌감치 떨어져서 일의 진행을 살피던 세 노인도 안색이 붉게 상기되고 말았다.

"염가야, 손가야! 큰일났구나. 이곳은 내가 맡을 테니 너희는 청귀를 데리고 간 여인을 쫓아라. 청귀가 살아 있어선 곤란하다."

"그러하겠느니라. 공가야, 부디 잠마원의 아이들이 화산과 종남의 손에 죽게 해야 하느니라."

두 노인이 신형을 날렸다.

흐릿한 잔상만이 남을 뿐, 그들의 형체는 아예 보이지도 않았다.

영호선은 정신이 하나도 없었다.

마음으로는 이미 화운설을 쫓아가고 있었지만 정작 발걸음을 뗄 수가 없었다.

화운설이 꺼림직해서가 아니었다.

이미 북룡참마대와 서룡참마대원들 이십여 명이 크고 작은 부상을 입은 상태였고, 화산의 태허자가 떠나긴 했지만 황빙빙의 복수에 눈이 먼 화산의 매화검수들과 종남파의 전력은 고스란히 남아 있었다.

수장인 종남의 태청검이 추상같이 명을 내렸다.

"종남과 화산은 저놈들을 모두 죽여라!"

검수들이 기다렸다는듯 일제히 신형을 날렸다.

영호선은 즉시 그 앞을 가로막았다.

영호선의 좌우로 잠마와 항마도 나란히 섰다.

종남의 태청검이 눈썹을 꿈틀대며 벼락처럼 외쳤다.

"빙화, 그대의 행동은 무얼 의미하는가!"

영호선은 말 대신 천천히 검을 들어 올렸다.

또 다른 오해가 만들어진다. 그러나 어쩔 수 없었다.

세상에는 말로 설명할 순 없지만 행하지 않으면 안 되는 것들이 있다는 것을 영호선은 깨달아가는 중이었다.


「잠마검선」 5권 끝

# 저작권 보호!!

## 장르문학의 성장에 힘이 되어주십시오.

### 저작물의 무단 전재와 복제, 불법 다운로드!
### 이것은 관심이 아니라 무관심입니다!

작가님들은 창의적 열정과 시간을 투자해 자신의 꿈과 생계를 유지합니다.
한 권의 책을 만들어 많은 사람들은 자신의 인생과 미래를 설계합니다.

## 저작물 속에는 여러 사람의 노력과 희망이
## 담겨 있습니다!

저작물의 무단 전재와 복제, 불법 다운로드는 여러 사람들의 꿈과 생계를
위협함으로써 장르문학을 심각한 상황에 빠뜨리고 있습니다.

### 이제는 무관심이 아니라 관심으로 장르문학의
### 성장에 힘이 되어주세요.

[도서출판 **청어람**은 항시적인 저작권 보호를 통해 장르문학과
여러분의 희망을 지키겠습니다.]

저작물의 무단 전재와 복제, 불법 다운로드는 법률에 의해 처벌받을 수 있습니다.
저작권법 제97조의5 (권리의 침해죄)
저작재산권 그 밖의 이 법에 의하여 보호되는 재산적 권리(제73조의 4의 규정에 의한 권리를
제외한다)를 복제·공연·방송·전시·전송·배포·2차적 저작물 작성의 방법으로 침해한
자는 5년 이하의 징역 또는 5천만 원 이하의 벌금에 처하거나 이를 병과(동시에 두 가지 이상의
형벌을 지우는 일)할 수 있다.

# 共同傳人

# 공동전인

설경구 新무협 판타지 소설

## 마교를 재건하라.

혈미옥에 갇히며 마교 장로들의 공동전인이 된 사무진에게 주어진 과제.
역사상 가장 착한 마교의 교주.
하지만 역사상 가장 강한 마교의 교주가 되고 싶다.

## 고정관념을 버려요.
마교도라고 해서 꼭 나쁜 놈일 필요는 없잖아요.

## 지금까지와는 다른 마교.
이제 사무진이 만들어가는 새로운 마교가 모습을 드러낸다.

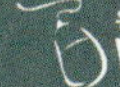

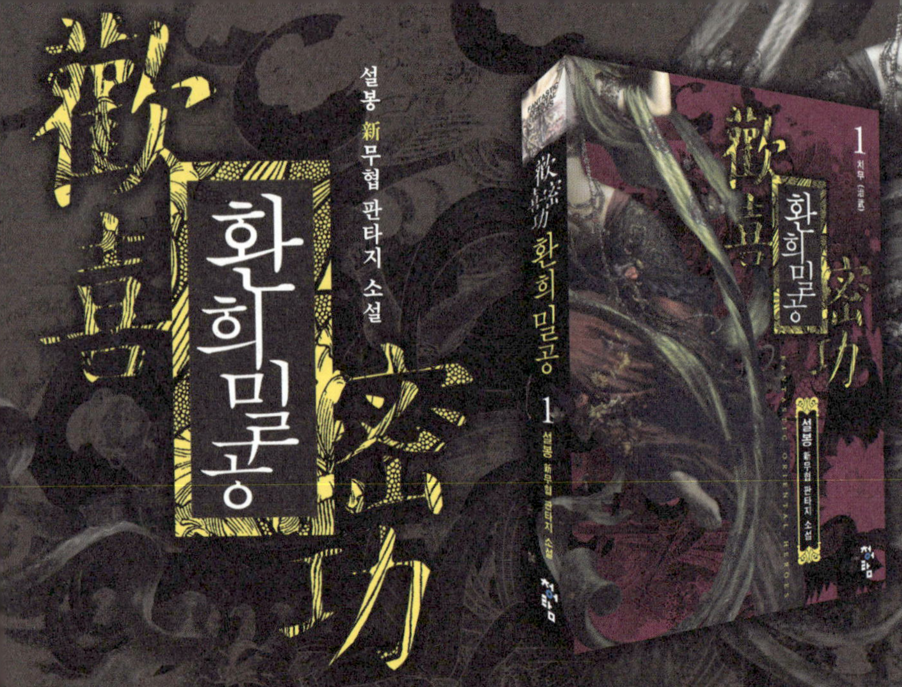


무유칠덕(武有七德), 금폭(禁暴), 집병(戢兵), 보대(保大),
정공(定功), 안민(安民), 화중(和衆), 풍재(豊財), 자야(者也).
〈좌전(左傳), 선공 십이년(宣公 十二年)〉

무에는 일곱 가지 덕이 있다.
첫째, 난폭을 금지한다. 둘째, 무기를 거두어들인다. 셋째, 큰 나라를 보전한다.
넷째, 공적을 정한다. 다섯째, 백성을 편안하게 한다. 여섯째, 대중을 화합하게 한다.
일곱째, 물자를 풍부하게 한다.

섬서성(陝西省) 육반산(六盤山)에 신력(神力)을 바탕으로
패공(覇功)을 구사하는 가문(家門), 육반루가(六盤婁家).
세상에게 외면받고 멸시당하는 환희교(歡喜敎).
육반루가의 후손과 환희교 교주의 운명적인 만남.

"넌 환희교를 지키는 수문장(守門將)이 될 거야.
강하게, 아주 강하게 키워주마."
'아버지처럼 죽지 않을 거야. 아무도 날 죽일 수 없어.
세상에서 최고로 강한 사람이 될 거야.'

# 태룡전

김강현

新무협 판타지 소설

『마신』, 『뇌신』에 이은
작가 김강현의 또 하나의 대작!!
『태룡전』

내가 이곳 미고현에 위치한 천망칠십오대에
온 지도 벌써 두 달이 넘었거든.
그런데 아직도 이해하지 못한 일이 하나 있어.
그게 뭐냐고? 우리 대주 말이야.
우리 대주님이 가장 좋아하는 게 뭔지 아나?
바로 침상에서 좌우로 데굴데굴 굴러다니는 거야.
그다음으로 좋아하는 게 그렇게 뒹굴다 잠드는 거고…….
나려타곤(懶驢打滾)!
더도 덜도 아닌 딱 우리 대주님을 지칭하는 말일세.

천망칠십오대 대주 단유강!!
격동의 무림은 그에게 휴식을 허락하지 않는다.
단유강, 그의 일보가 천하를 떨쳐 울린다!